誰も知らなかった「伊豆の踊子」の深層

菅野　春雄

誰も知らなかった「伊豆の踊子」の深層

誰も知らなかった「伊豆の踊子」の深層　目次

はじめに　9

第一章　修善寺……13

一、湯川橋で本当に出会ったのか　14

ア、出会いへの疑問　14

イ、湯川橋へ！　19

ウ、踊子への執着　25

エ、書き換えられた出会い　28

オ、残された懸念　31

第二章　湯ヶ島……37

一、何故九段目に座って踊子を見るのか　38

二、何故、二日目の夜なのか　45

第三章　天城越え……………………………………51
一、茶屋の出会いは偶然なのか　52
ア、美しい偶然　52
イ、緻密な計画　55
ウ、急ぐ理由　58
エ、情報操作　61
二、出口から芸人達は見えたのか　64
ア、見えなかった旅芸人　64
イ、十五秒の見通し可能時間　70
ウ、追いついた場所　75
三、ストーカーだった「私」　77
ア、どちらが先に声を掛けたのか　77
イ、学生様のお通りだ　80
ウ、「私」はストーカー　83
第四章　湯ヶ野　89

一、何故同宿しなかったのか　90
二、金を投げ与える理由　96
三、何故、「もう」なのか　102
四、踊子は真裸で飛び出したのか　106
五、踊子によって心がときほぐされたのか　109
六、男は何故夕方まで座り込むのか　112
七、約束は本当にあったのか　118
　ア、服従する芸人たち　118
　イ、約束を破った芸人たち　120
八、違約の顚末は何故書かれていないのか　125
九、身の上話は何故三日目なのか　128
十、何故自賛しなければならないのか　131
十一、別れの決意　136

第五章　間道越え……141

一、大島は見えたのか　142

ア、朝日の方に河津の浜が　142
イ、あれが大島なんですね　145
ウ、現地で分かったこと　149
エ、現実との狭間で　152
オ、映画の中の大島　156
二、山越えの間道　159
三、重複する行程の謎　162
四、踊子との会話は何故チグハグなのか　165
五、「いい人ね」に感激した本当の理由　170
六、何故孤児根性を持ち出したのか　177
七、タネ明かしの意味はどこにあるのか　181
八、何故感激を弁解するのか　185

第六章　下田……189
一、「いい人ね」の感激は本当にあったのか　190
ア、渡り鳥の巣　190

イ、躊躇無く別の宿へ 193
ウ、何故感激の直後に別れを告げるのか 196
二、踊子は何故悲しく呟くのか 201
三、流した涙は悲恋の悲しみか 205
四、何故お婆さんが登場するのか 210

第七章　それから……… 219
一、歪んでいなかった「私」 220
二、脇役だった踊子 225
三、湯ヶ島が好きな理由 230
四、間違っている点二三 236
五、大島に行かなかった「私」 241
六、映画化の光と影 245

おわりに 252

はじめに

―素朴な疑問―

みなさんは小説『伊豆の踊子』の物語をご存じだろうか。

作者は『雪国』『古都』などの作品で知られるノーベル賞作家の川端康成である。

大正十五年、作者が満二十六歳の時に発表されたこの小説は、これまで六度も映画化されたこともあり、大方は〈ああ、あの物語か〉と容易にイメージが湧いてくるに違いない。

しかし、小説もそのような物語なのかと問われると、途端に答えに窮するのではないだろうか。これほど有名な物語にもかかわらず、実際に原作を読んだことがあるという人は意外に少ないようなのだ。

原作は文庫本でわずか三十数頁という至（いた）って短い小説である。

簡潔な文体で歯切れ良く書かれているのであっという間に読み終えてしまうだろう。だが、読みやすさとは裏腹にその内容は決して映画などのようにわかりやすいとは言えない。私も繰り返し読んでみたのだが、わかるどころか、読めば読むほど素朴な疑問が次から次と湧いてきたのである。

例えば冒頭の部分はこんな具合である。

物語は、旧制高等学校の学生である「私」が一つの期待に胸をときめかせながら天城峠への山道を急いでいるところから始まるのだが、まずもって「私」の急ぐ理由が分からない。

次は湯川橋での最初の出会いだ。橋の位置から考えると、湯ヶ島に向かう「私」と修善寺へ向かう彼女たちがそこで出会うはずがないのである。

二度目の出会いは湯ヶ島二日目の夜だったという。だが、何故（なぜ）二日目なのか。丸一日「私」は湯ヶ島で何をしていたのだろう。

そして翌日、「私」は天城七里の山道できっと追いつけるだろうと考えて道を急いだという。なるほど、気になっていた急ぐ理由は、踊子たちに追いつくためだったのかと一応了解するのだが、、、。するとまた新たな疑問が湧いてくる。何故「私」はそのとき、追いつけるだろうと考えたのか、前方に踊子たちがいるという確信は何故なのかと、、。

冒頭の部分だけでもこれだけの疑問が湧き、この後もこうした疑問が続々と続くのだが、数々の疑問の中で、この小説の最大の疑問はなんといっても終了間際の「私」の豹変ぶりであろう。それまで何の屈託もない誇り高き青年だった「私」は、踊子の発した「いい人ね」のたった一言に突然感激して涙ぐみ、孤児告白までしてしまうのである。

『伊豆の踊子』ほど不可解で謎に満ちた小説は他にない。

この小説は大正七年の秋、作者が満十九歳の時、一人伊豆の旅に出て旅芸人たちと道連れになり下田まで一緒に旅をしたときの体験をもとに書かれたものといわれている。

作者がこの小説について、「事実そのままで虚構はない。あるとすれば省略だけである」(『伊豆の踊子』の作者」)という認識だったこともあって、一般には事実が書かれていると信じられている。

しかし、『伊豆の踊子』が「小説」である以上、この言葉をそのまま受け止めることは出来ないだろう。小説化に当たっては、ある一定の意図の元に、事実の省略や変形、虚構の挿入などが行われ、情報が操作されるのが当然であり、この小説でも実際にそれが行われていると考えなければならない。

『伊豆の踊子』が全くの創作であったならば、物語は矛盾無く緻密に組み立てられ、こうした疑問は生じなかったであろう。この小説を読んで感じる疑問の数々は、事実の省略や変形、虚構の挿入等による改変が事実と重なり合ってしまうために生ずるこの小説特有の矛盾だと考えられるのである。

疑問を解く鍵は、事実をどのように省略し変形しどのように情報を操作したのかを明らかにすることにある。そうすれば、作者が何を隠し何を強調しようとしたのかが見えてくることになる。それは同時に、作者がこの小説で何を言おうとしたのかを解明することでもある。

この本は、こうした観点から『伊豆の踊子』を読んで感ずる素朴な疑問の数々に焦点を当て、この小説の深層に迫ってみたものである。

第一章　修善寺

一、湯川橋で本当に出会ったのか

　私はそれまでにこの踊子たちを二度見ているのだった。最初は私が湯ヶ島へ来る途中、修善寺へ行く彼女たちと湯川橋の近くで出会った。その時は若い女が三人だったが、踊子は太鼓を提げていた。私は振り返り振り返り眺めて、旅情が自分の身についたと思った。
（『伊豆の踊子』　新潮文庫・以下同じ）

ア、出会いへの疑問

―　方向が逆になる？　―

旧制高等学校の学生である二十歳の「私」は、制帽をかぶり、紺飛白（かすり）の着物に袴をはき、学生カバンを肩にかけ、朴歯（ほおば）の高下駄で一人伊豆の旅に出ていた。最初の宿泊地である修善寺温泉を立って、湯ヶ島温泉に向かっていた「私」は、湯川橋の近くで修善寺へ行く踊子たちに出会った。

小説『伊豆の踊子』の物語は、この湯川橋での最初の出会いから始まる。地理的な状況を承知していない読者にはごく普通の何でもない記述にみえるだろう。だが、出会いの状況に興味を持って湯川橋の位置を調べてみると、小説のとおりでは「私」と踊子の出会いの方向がどう考えても逆になってしまうのである。

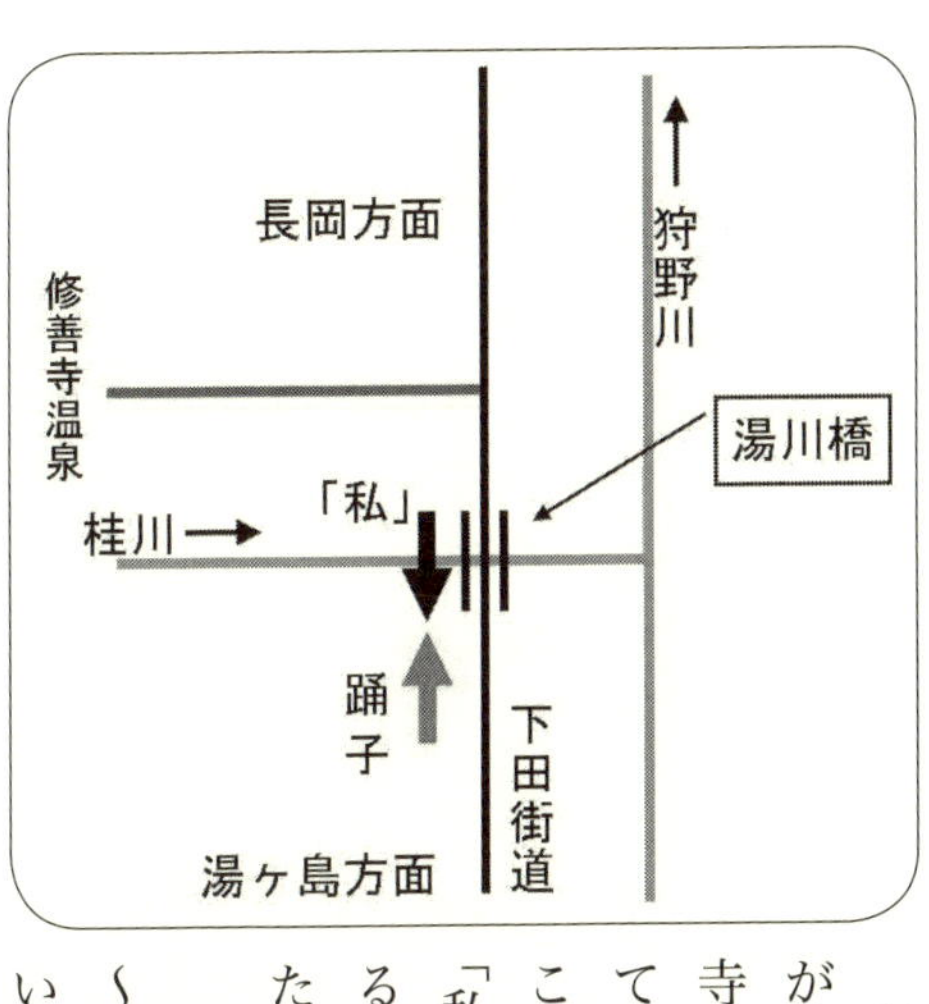

湯川橋は、狩野川左岸に沿って南に向かう下田街道が狩野川に合流する桂川を渡る小さな橋である。修善寺温泉から湯ヶ島方面に向かう場合、桂川左岸に沿って東進し下田街道に出た後、街道を少し南に下ったところに湯川橋がある。だから、湯ヶ島に向かっていたとすると、「私」が修善寺へ行く踊子たちと湯川橋で出会ったとすると、「私」は下田街道を南下し踊子たちは北上していたということになる。

小説によれば、踊子たちは長岡温泉方面から修善寺〜湯ヶ島〜湯ヶ野と下田街道を南下しながら旅をしていたはずだから、これでは踊子たちの進行方向が逆になってしまうのである。

『伊豆の踊子』の先駆的作品と言われる『湯ヶ島での思ひ出』(『少年』)にはそのときの状況が更に詳しく書かれている。

温泉場から温泉場へ流して歩く旅芸人は年と共に減ってゆくやうだ。私の湯ヶ島の思ひ出は、この旅芸人で始まる。初めての伊豆の旅は、美しい踊子が彗星で修善寺から下田までの風物がその尾のやうに、私の記憶に光り流れてゐる。一高の二年に進んだばかりの秋半ばで、上京してから初めての旅らしい旅であった。修善寺に一夜泊って、下田街道を湯ヶ島に歩く途中、湯川橋を過ぎたあたりで、三人の娘旅芸人に行き遇った。修善寺に行くのである。太鼓をさげた踊子が遠くから目立ってゐた。私は振り返り振り返り眺めて、旅情が身についたと思った。

小説『伊豆の踊子』では「湯川橋の近くで」となっていたものが、ここでは「下田街道を湯ヶ島に歩く途中、湯川橋を過ぎたあたりで」と、より具体的に書いてあった。湯川橋を過ぎたあたりとは、湯川橋の南側以外には考えられないのだが、そうすると謎はますます深まるばかりである。何故、修善寺へ行く踊子たちは下田街道上を北上していたのだろうか。

この謎を解くために、出会ったときの状況をもう少し詳しく考えてみたい。

まず、湯ヶ島へ向かう「私」が踊子たちと出会ったのは何時頃だったのだろうか。修善寺〜湯ヶ島間は約十二キロである。そんなに遠い距離ではない。だが、歩けば三時間程度はかかるであろう。夕方までには宿に着く予定として、十月末という季節も考慮に入れれば「私」が修善寺温泉を発ったのは遅くとも昼過ぎだったと思われる。

このことは、作者が大阪の親戚である川端松太郎氏あてに、修善寺の宿を出たときに投函したと思われる葉書の内容によっても裏付けられる。

湯川橋は修善寺温泉から二キロ程度のところにある。だから、出会った時間は、午後のかなり早い時間ということになるだろう。

> お陰で、昨夜当地につきました。
> 思ったほどよいところではありません。
> 温泉につかってよいきもちになりました。
> 午后発って湯ヶ島に行きます。それから、
> 湯ヶ野・下田の方へ温泉を巡ります。半
> 島の南端まで探りたいと思ってゐます皆
> 様によろしく。
> 　　　　　　　　　　三十一日

川端松太郎氏にあてた葉書より

一方の踊子たちは、こんな早い時間、どのような目的で修善寺温泉に向かっていたのだろうか？『伊豆の踊子』でも『湯ヶ島での思ひ出』でも、踊子は太鼓を提げていたとある。太鼓を提げているということはこれからお座敷に向かうか、その日に泊まる宿に向うかのどちらかである。昼過ぎ

ではお座敷に向かう時間としては早すぎるから、この時は、修善寺温泉の宿へ向かう旅の途中だったと考えるのがもっとも妥当と思われる。

とすれば、長岡方面から修善寺温泉へ向かう踊子たちが湯川橋を通るはずはない。修善寺温泉から湯ヶ島に向かう「私」と踊子たちが出会うのに湯川橋は関係がないということになる。

この矛盾をどう考えたらよいだろうか。

『湯ヶ島での思ひ出』では、「湯川橋を過ぎたあたりで」と具体的に下田街道上と思われる場所を示しているのに対して、小説では、「湯川橋の近くで」と曖昧な表現に変えている。小説化するに当たって、具体的な場所を引っ込めたのは、『湯ヶ島での思ひ出』の記述そのままでは何か不都合なことがあったのかも知れない。

この辺に何か手がかりがありそうだ。そう思いつつも出会いの方向に関する明快な答えはなかなか思い浮かばなかった。一つの可能性として考えられることは単純な思いこみである。作者は『湯ヶ島での思ひ出』を、湯ヶ島温泉に長期間逗留(とうりゅう)しながら書いたという。長く湯ヶ島に居た作者の意識の中では、出会った場所である湯川橋の北側は、いつしか湯ヶ島から見て「湯川橋を過ぎたあたり」になっていたのかも知れない。だが、これは如何(いか)にも説得力に欠けるようだ。

イ、湯川橋へ！

―　出会いは無かった　―

そんなことを思案するうち、現地へ行けば何か分かるかも知れないと考え、思い切って修善寺を訪れてみることにした。

私たち調査班が、といっても私と妻の二人であるが、修善寺を訪れたのは、初夏の蒸し暑い日だった。

東海道線の在来線で東京から熱海まで行き電車を乗り換える。熱海までは快速電車などが多数あるのだが、ここから先はめっきり本数が少なくなる。編成もわずか二両だ。長い丹那トンネルを抜けると程なく三島駅に着く。

ここで伊豆箱根鉄道駿豆(すんず)線に乗り換え、いよいよ伊豆半島へと向かう。

電車は空いていた。朝夕はそれなりに利用者がいるのだろうが日中はかなり少ないようだ。そのせいか運転士が車掌も兼ねるいわゆるワンマンカーで、駅で止まるたびに運転席を離れ忙しくドアの開閉をしていた。

三十分ほどして終点の修善寺駅へ到着する。

駅前に降り立って周囲を見回すのだが、地図で空想していたイメージとは大違いだった。駅前広場にはバスやタクシーがひしめき、建物で見通しがきかない。接続する道路が見当たらずしばらく周辺を右往左往する。

流れる汗をぬぐいながら狩野川を発見してようやく視界が開けた。周囲には山あり川あり谷ありの箱庭のような風景が広がる。修善寺橋を渡り対岸へと進む。赤いトラスの枠の先に山際を通る下田街道が見えた。

川幅は想像していたより狭い。橋を渡ってようやく下田街道へ着く。まっすぐ行けば修善寺温泉方面となる。現在の下田街道が真っ直ぐの方向なので、うっかりそのまま行ってしまいそうになるが、旧下田街道は百メートルほど先から斜め左へ入る狭い道だ。そこから狩野川に沿って湯ヶ島、湯ヶ野、下田へと通じている。

旧下田街道に入り、緩やかに左へ曲がる坂道を八十メートルほど下ると、その先に赤い欄干で長さが数十メートルほどの小さな橋が見えてきた。

橋のたもとの左側に小さな駐車場があり、案内板が立っている。橋の親柱には「ゆかわばし」とちゃんと書いてあるから間違いない。あらかじめ調べては来たものの上手く行き着けるかどうか不安だったのだが、ようやくお目当ての橋に無事たどりついたようで二人で顔を見合わせ

伊豆箱根鉄道修善寺駅

「私」と踊子が出会った？湯川橋

てほっとする。

反対側の親柱には昭和四年十二月竣工とある。かなり古いが作者がここを訪れたのは大正七年であるから勿論(もちろん)当時の橋ではない。

湯川橋は伊豆の踊子出会いの橋として町の観光パンフレットにも紹介されており、地元ではここで出会ったことがすっかり既成事実となっているようだ。

妻を踊子に見立ててさっそく当時の出会いの状況について調査を開始する。道幅、見通し、高低差、道の曲がり具合などの微妙なところは現地に来なければわからない。


現地調査の結果から私たちがたどりついた結論は以下のようなものである。

長岡温泉方面から歩いて来た踊子たちが図のC点に到達すると修善寺方面へ向かって緩やかな上りとなり、約二百メートル先のA点が正面に、約百メートル先の下田街道への分岐点であるB点が左側に見通せるようになる。踊子たちは、この先、B点を経由して修善寺温泉方面のA点へと向かうことになる。

一方、修善寺温泉方面から来た「私」はA点に達すると、同様に下り道の正面にC点が見通せるようになる。下田街道を湯ヶ島方面に向かうには、B点に達した後、右折して下田街道に入りD点へと向かうことになる。

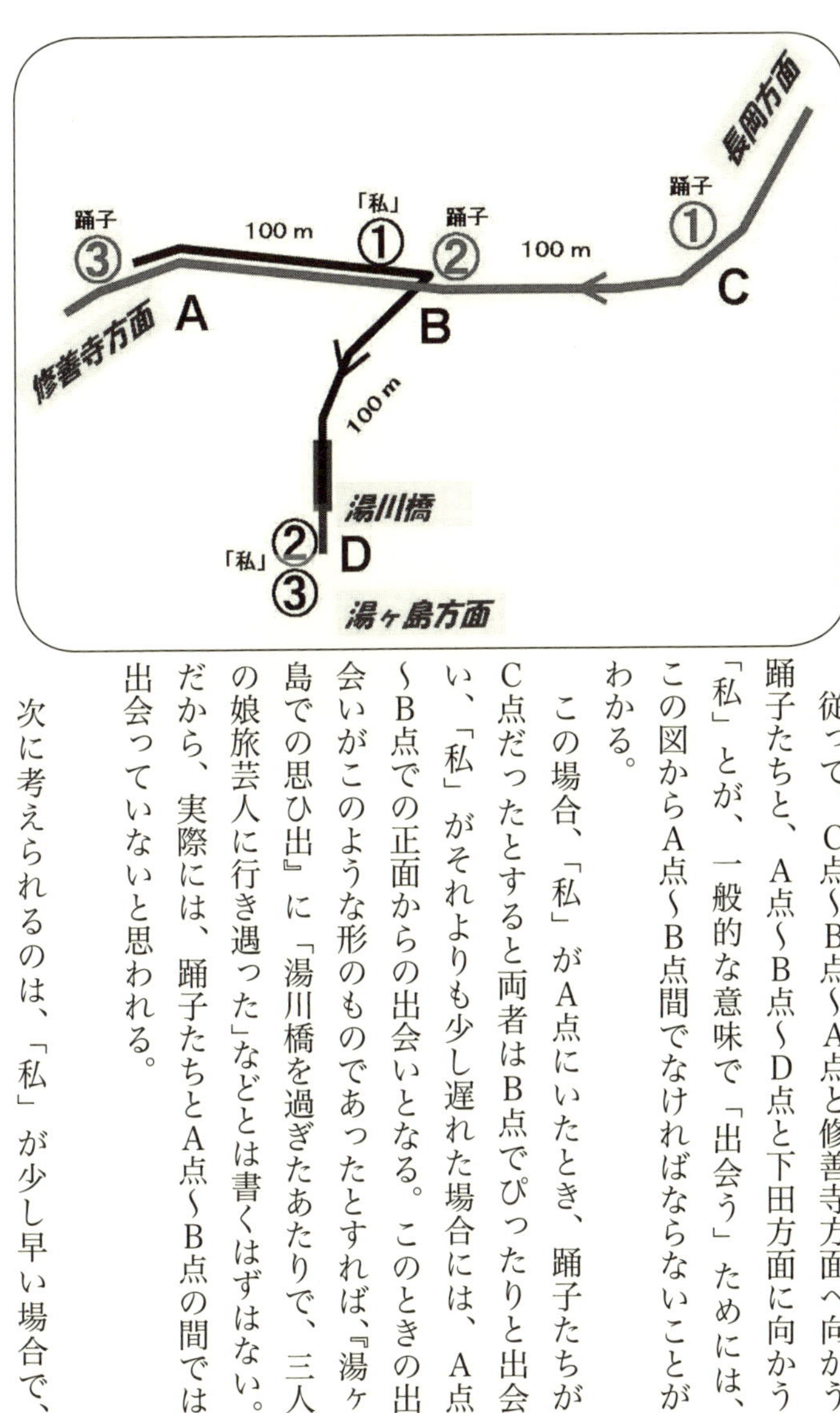

従って、C点〜B点〜A点と修善寺方面へ向かう踊子たちと、A点〜B点〜D点と下田方面に向かう「私」とが、一般的な意味で「出会う」ためには、この図からA点〜B点間でなければならないことがわかる。

この場合、「私」がA点にいたとき、踊子たちがC点だったとすると両者はB点でぴったりと出会い、「私」がそれよりも少し遅れた場合には、A点〜B点での正面からの出会いとなる。このときの出会いがこのような形のものであったとすれば、『湯ヶ島での思ひ出』に「湯川橋を過ぎたあたりで、三人の娘旅芸人に行き遇った」などとは書くはずはない。だから、実際には、踊子たちとA点〜B点の間では出会っていないと思われる。

次に考えられるのは、「私」が少し早い場合で、踊子たちがB点に来る前に「私」が下田街道へ入ってしまう場合である。

この場合、「私」がB点に来たときに、踊子たちがB点付近に来ているのが最も間近な出会いだが、これはほとんどA点～B点間の出会いと同じなので実態とは違うだろうと思われる。

両者の距離が最も遠いのが、「私」がB点のときに、踊子たちがC点の場合であるが、私は、この形が最も実態に近いのではないかと考える。その理由は、『湯ヶ島での思ひ出』の記述である。この中で、

「湯川橋を過ぎたあたりで、三人の娘旅芸人に行き遇った。修善寺に行くのである」と書いている。着目点は湯川橋を過ぎたあたりで行き遇ったと書いた直後に修善寺に行くのであると断定的に書いていることだ。

何故「私」は行き遇ったとき踊子たちが修善寺へ行くと直ちに断じたのであろうか。それは、「私」が湯川橋を過ぎたあたりのD点にいたとき、踊子たちはB点にいたということであり、そのとき、踊子たちが「私」のいる側のD点に向かわないでA点方面に向かった事を確認できたということではないだろうか。

それを裏付けるように『湯ヶ島での思ひ出』には次の文章が続く。

「太鼓をさげた踊子が遠くから目立ってゐた」

両者の距離は文字通り遠かったのである。

踊子たちとは正面から間近に出会ったのではなかった。「私」は湯川橋を過ぎたあたりのD点にたたずみ、B点からA点へ向かう踊子たちを遠くから眺めていただけだったのだ。

ウ、踊子への執着

― 湯川橋の心象風景 ―

自分の性質が孤児根性で歪んでいると厳しい反省を重ね、その息苦しい憂鬱に堪え切れないで伊豆の旅に出てきていたという二十歳の「私」は、昨日、初めての夜を修善寺温泉で過ごした。そこは何の変哲もない田舎の湯治場だった。温泉に浸かって良い気持ちになったものの、とりたてて面白いことも起きなかった。気分転換のための伊豆行だったが、これからもこんな退屈な旅になるのだろうか。せめて良い湯につかり伊豆半島の奥まで見届けようか、そんな気持ちで午前中に件のハガキを書いたのであろう。

今日の宿泊地は湯ヶ島の予定だ。比較的近いので宿で昼食をとってから出立した。

桂川の流れを右手に見ながら歩き、下田街道へさしかかろうとする頃、左手の小高い丘に鎮守の森が見えてきた。鎌倉二代将軍頼家公を祀った横瀬八幡神社だ。神社の入り口を過ぎれば下田街道への分岐点がすぐ目の前だ。ここを右へ曲がれば湯ヶ島方面である。

「私」がちょうど分岐を右に折れようとしたとき、正面に見える長岡方面の山際から三人の娘たちが現れるのが目に入った。このときの双方の距離は約百メートルである。(前図の①)

娘たちはこちらに向かってくる。姿形までは定かではないが、どうやら旅芸人らしい。「私」の胸は高鳴った。昨日は何事もなかっただけに、大いに興味をそそられたのだが、このまま立ち止まって待っているわけにもゆかない。

踊子たちを間近に確認することが出来ないまま、やむなく「私」は下田街道へ出て湯ヶ島方面に向かった。踊子たちが気になって何度か振り返ってみた。そのまま歩を進め、湯川橋を過ぎたあたりで振り返ってみると踊子たちはちょうど分岐点付近にさしかかったところだった。(前図の②)

〈もしかしたら私と同じように湯ヶ島へ向かうのかも知れない、そうしたら道連れになって、、、〉

と期待は高まったのだが、無情にも踊子たちは、「私」が今しがた来た道を修善寺温泉方面に向かって行くではないか。残念ながら、彼女たちの目的地は湯ヶ島ではなく修善寺だったのだ。太鼓を提げた踊子が遠くからやけに目立って見えた。

湯川橋から踊子たちを眺める

「私」の心は穏やかではなかった。期待はずれだった修善寺温泉の宿を出た直後に訪れた絶好の機会だったが、一日違いになってしまったようだ。

〈何という運のなさか、もう一日遅ければ、、〉

無念の想いを抱きながら、次第に離れて行く踊子たちを「湯川橋を過ぎたあたりで」立ちつくし、未練たっぷりに眺めていた。（前図の③）

やがて、踊子たちは修善寺温泉方面に姿を消していった。

逃した魚は大きかった。〈今回の旅で何としても、、、〉「私」の標的はこのとき定まった。

作者にとって、踊子たちと行き遇った場所とは、最初に踊子たちを見かけた分岐点付近では無かった。踊子たちが修善寺方面に向かうことが決定的となり、無念の想いを募らせたここ湯川橋を過ぎたあたりこそが踊子たちとの意識上の接点であり精神的な意味での行き遇った場所だったのである。

勿論そのとき、踊子たちは「私」がこうした気持ちで眺めていたことなど知る由もなかったのだが、、。


この付近、今はビルや家屋が建ち並び、修善寺への道は全く見通せないが、これらの障害物がなかった当時は、太鼓を提げた踊子たちが修善寺方面に歩いて行くのを遠くからでも良く見通せたであろう。

エ、書き換えられた出会い

―　隠された『伊豆の踊子』の原点　―

現地を訪ねてようやく積年の謎が解けたようだ。

何故出会いの方向は逆なのか、それは、実態が「出会い」といえる状況でなかったものを、作者が正面からの「出会い」のように変えてしまったからだった。

小説では『湯ヶ島での思ひ出』に書かれた重要な情報がことごとく改変されていた。

両者を比較すると、

「下田街道を湯ヶ島に歩く途中」は「湯ヶ島へ来る途中」と〈下田街道〉が削除された。

「湯川橋を過ぎたあたりで」は「湯川橋の近くで」と曖昧にされ、

「行き遇った」は「出会った」となった。

「修善寺に行くのである」という重大な事実確認は、「修善寺へ行く彼女たち」と既知のこととなった。

「遠くから」という位置関係のわかる表現は削除された。

これらの修正によって小説の不可解な「湯川橋の出会い」が出来上がった。

小説では、「私はそれまでにこの踊子たちを二度見ているのだった」と正しく書いているのだが、その直後に「湯川橋の近くで出会った」と書いてしまった。何故作者は「見た」だけのことを「出会った」と書いたのだろうか。

その理由を私は次のように推測する。

第一に、後姿だけを眺めながら一方的に思い入れる姿は美しくないと思ったからである。

何よりも高等学校の学生としての誇りが許さなかった。そのような自分の姿に後ろめたさも感じていたかもしれない。だから作者は、『伊豆の踊子』を書くに当たって、『湯ヶ島での思ひ出』に書いた「湯川橋を過ぎたあたりで」といった具体的な場所や「遠くから」といった位置関係が判る表現をそのまま採用する訳にはゆかなかった。

第二に、湯川橋での踊子への執着を読者に知られては困るからである。

ここでの状況を正直に書いてしまうと、踊子たちに異常に執着した事実が明らかになってしまい、この後の物語展開に疑念を持たれかねないことになる。ここは、口が裂けても、〈踊子を、この旅の標的と定めることとした〉などとは言えないのだ。出会って少し気になった程度がちょうど良い。小説で、「振り返り振り返り眺めて」としたのは、踊子たちへの関心の度合いを示すぎりぎりの表現だったのであろう。しかも、それさえ単なる旅情としての関心に過ぎないものだったという言い訳まで付けている念の入り様だ。

この「出会い」が「旅情」を感じた程度のさらりとしたものでなければこの後の偶然に彩られた美しい物語は成立しないのである。

だが、小説に「湯川橋」という固有名詞を用いたのは適切ではなかったようだ。湯川橋は下田街道に入った湯ヶ島寄りにあるから、この地名を出すと、どうしても出会いの方向に疑問が生じてしまう。

もし、正面から普通に出会ったとしたかったのなら、事実とは違うのだろうが、修善寺街道上によりふさわしい目印がある。A点付近にある横瀬八幡神社だ。小説であることに徹すれば、ここは「横瀬八幡神社の近くで出会った」などとすることも可能だったであろう。

だが小説では、「湯川橋」をそのまま残した。

湯川橋への拘り(こだわ)は、湯川橋での踊子への異常な執着を隠そうとしてかえって隠しきれない結果となった。そうしてまで残したのは、湯川橋が作者にとって忘れられない思い出の場所だったからなのである。

オ、残された懸念

―街道の今昔―

さて、現地を訪ねて以上のような結論に達したものの、私にはまだ幾つかの確認を要する事柄が残っていた。

一つは、当時の街道が果たして今と同じ位置にあったのかということである。道が変わっていればこの推測は崩れてしまう。また、本当に湯川橋から見通せたかどうかも確認する必要がある。

もう一つは、「修善寺」と「修善寺温泉」の使い分けについてである。小説では「修善寺」と「修善寺温泉」が微妙に使い分けられている。

冒頭まもなくで「私は二十歳、高等学校の制帽をかぶり、紺飛白の着物に袴をはき、学生カバンを肩にかけていた。一人伊豆の旅に出てから四日目のことだった。修善寺温泉に一夜泊り、湯ヶ島温泉に二夜泊り」としているが、そのやや後に、「私はそれまでにこの踊子たちを二度見ているのだった。最初は私が湯ヶ島へ来る途中、修善寺へ行く彼女たちと湯川橋の近くで出会った」と書いてある。

この修善寺という表現が、いわゆる修善寺温泉を意味していると理解して良いのかどうかが気になったのである。現代の感覚で言うと「修善寺」というと何となく伊豆箱根鉄道の駅のあたりが想像される。仮にこの「修善寺」が現代の修善寺駅付近を指すのなら出会いの状況の推測は崩れてしまう。

これらの疑問については、当時の地図によって確認してみた。

幸いにして、国土地理院では様々な旧版地図の謄本交付サービスを行っており、古い五万分

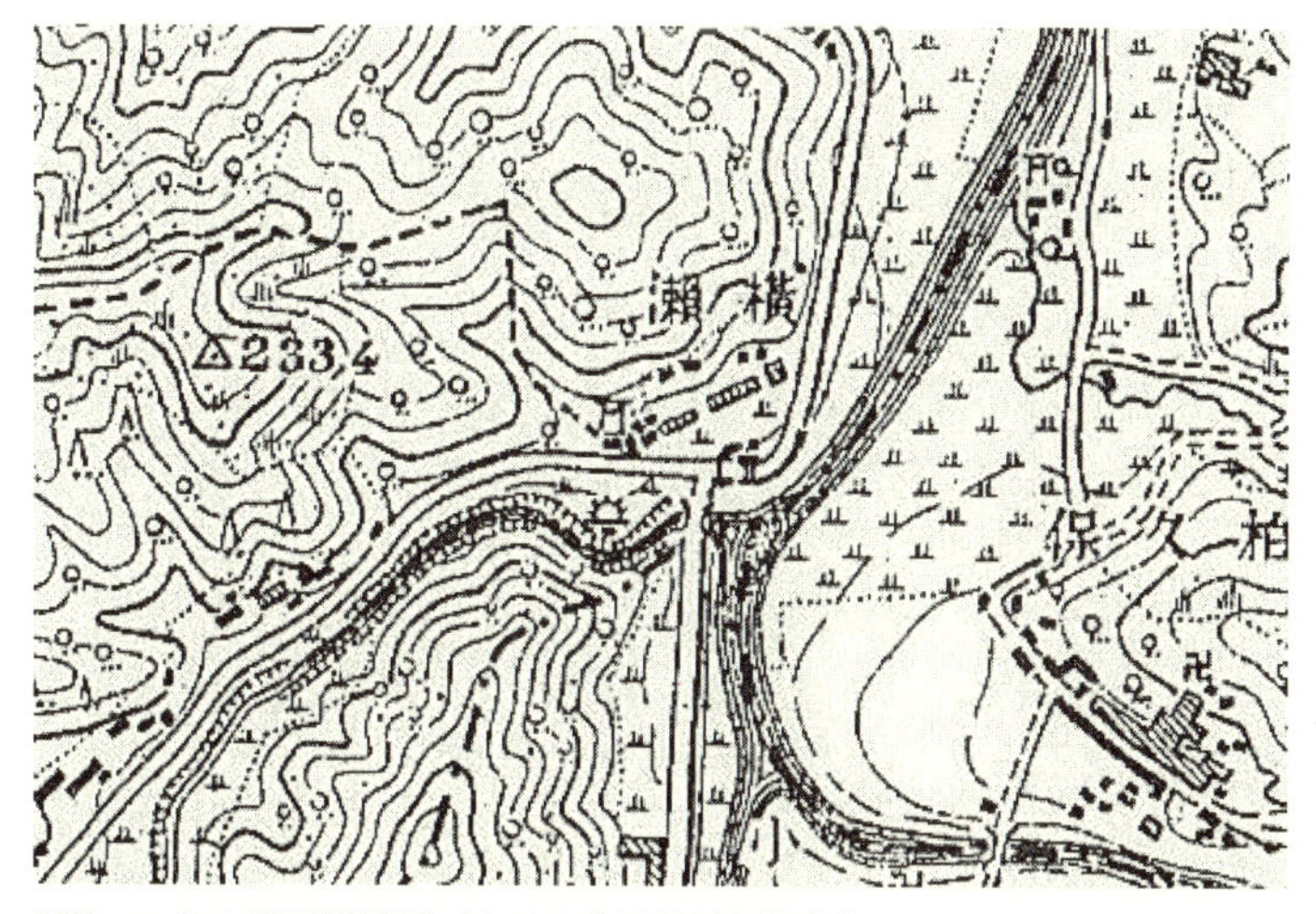

明治 44 年の湯川橋付近（大日本帝国陸地測量部）

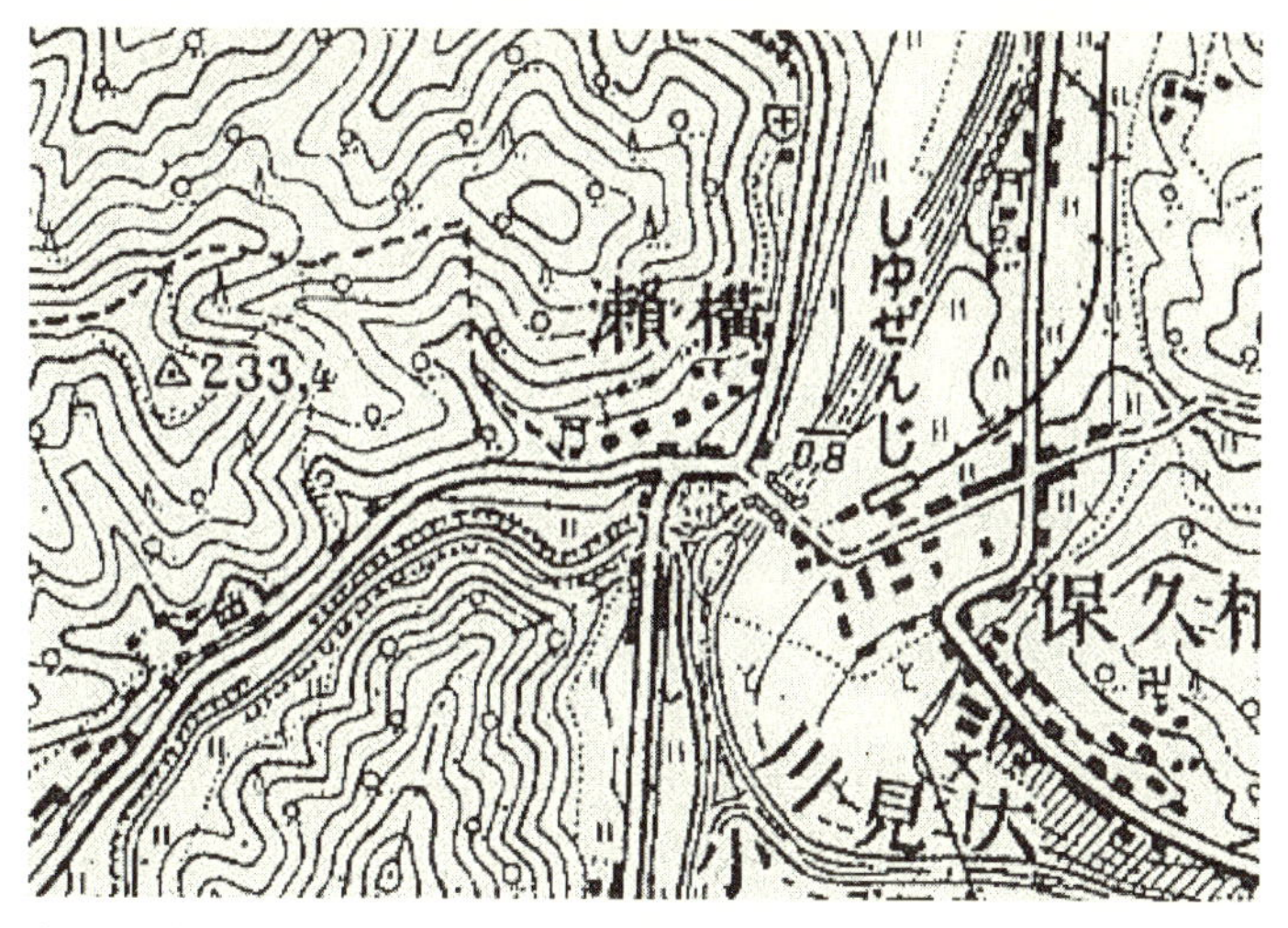

大正 15 年の湯川橋付近（大日本帝国陸地測量部）

の一の地図も多数そろっている。その中から明治二十年測図で明治四十四年修正版の修善寺の地図を入手した。その結果、当時の街道の位置は今と変わっていないことが確認できた。

何よりも驚いたのは、当時の湯川橋の周囲には家屋が全く無かったことだ。これなら橋を過ぎたあたりから修善寺へ向かう踊子たちの様子は容易に見通せたことだろう。


次ぎに、「修善寺」と「修善寺温泉」の使い分けについてであるが、この心配も取り越し苦労だった。何故ならば、地図には現代の「修善寺」（電車の終点）は存在しなかったからである。そこには全く未開の水田地帯が広がり、狩野川を渡る修善寺橋さえもまだなかった。従って、当時、修善寺といえば修善寺温泉以外にはなかったのである。

小説の中での「修善寺温泉」と「修善寺」の違いは、「湯ヶ島温泉」――「湯ヶ島」と同様に温泉と地名の単なる使い分けであった。


ちなみに伊豆箱根鉄道駿豆線（当時は駿豆鉄道）であるが、作者が旅した大正七年当時は大仁が終点であり、修善寺まで延長されたのはそれから六年後の大正十三年八月のことであった。従って、作者は大仁から修善寺まで約四キロの道のりを歩いて行ったものと思われる。

同じ場所を、大正十五年修正版の地形図で比較して見ると、鉄道が修善寺まで延伸されて現代の修善寺駅ができ、駅前には早くも建物が出現している。駅へ連絡する道路も整備され、狩野川には橋も架かって下田街道や修善寺温泉方面に通じている様子がわかる。

第二章　湯ヶ島

それから、湯ヶ島の二日目の夜、宿屋へ流して来た。踊子が玄関の板敷で踊るのを、私は梯子(はしご)段の中途に腰を下して一心に見ていた。――あの日が修善寺で今夜が湯ヶ島なら、明日は天城を南に越えて湯ヶ野温泉へ行くのだろう。

（『伊豆の踊子』）

一、何故九段目に座って踊子を見るのか

― 湯本館の梯子段 ―

その冬、私たちは再び伊豆を訪れた。前回の修善寺での調査で興味が湧き今度は湯ヶ島から下田まで『伊豆の踊子』の足跡をたどってみたかったからである。

湯ヶ島の湯本館に着いたのはまだ午前十時前だった。見学には早過ぎたかと懸念したがその心配は無用だった。既に、例の梯子段（階段）に座って写真を撮っている若い男女の先客がいたのである。やはり湯本館は何と言ってもこの梯子段なのだ。

小説『伊豆の踊子』の中の「私」は、前日の午後、修善寺へ向かう踊子たちと湯川橋の近く

湯本館

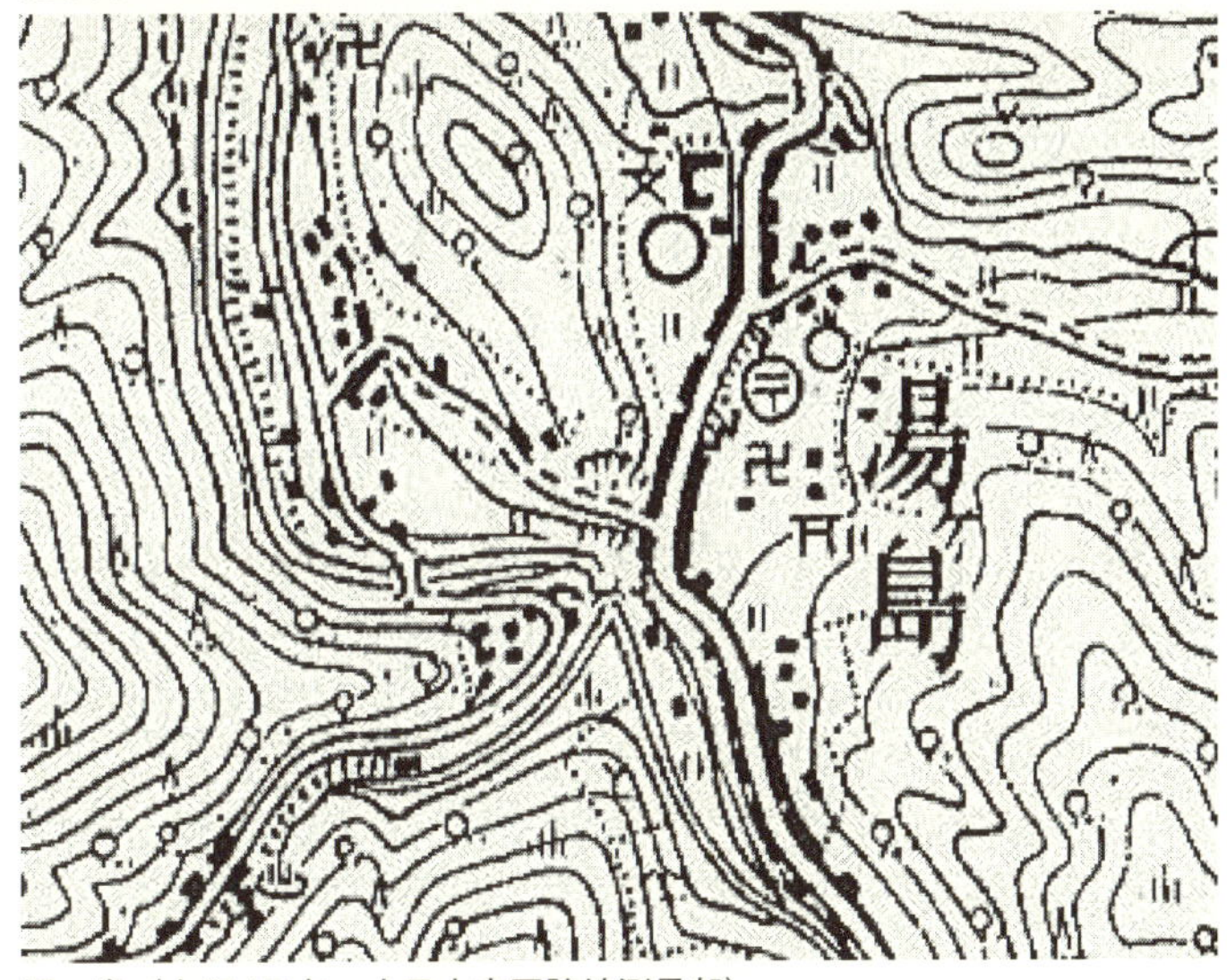

湯ヶ島（大正 15 年、大日本帝国陸地測量部）

で初めて出会った。湯ヶ島へ向かっていた「私」は彼女たちを振り返り振り返り眺めながら旅情が自分の身についたと感じた。

湯ヶ島での二日目の夜、その踊子たちが「私」が泊まっていた宿に流してきた。彼女たちは温泉宿を流して歩く旅芸人なのであった。

偶然の再会に驚いた「私」は、玄関の板敷で踊子が踊るのを梯子段の中途に腰を下して一心に見た。そして、踊子たちが帰った後、あの日が修善寺で今日が湯ヶ島なら明日は峠を越えて湯ヶ野だろうと思案を巡らせ、天城七里の山道で踊子たちに出会えることを期待したのだった。つまり、小説での湯本館の梯子段は「私」が単なる行きづりの旅情を越えて現実の踊子に心を奪われることとなった記念すべき場所なのである。

この場面の舞台となった湯本館には当時の梯子段がそのまま残されており、『伊豆の踊子』に興味があって訪れる客は例外なくこの階段の途中に座った写真を撮ってゆくという。それも座るのは何処でも良いというのではない。何段目に座ってこんな姿勢というのがあるらしく、廊下の壁に作者である川端康成氏本人が座っている見本の写真が飾られているので、それに習って下から九段目に座るのが由緒正しい写真の撮り方ということらしい。

私も例に漏れず梯子段に座って写真を撮ったのだが、下から九段目というとかなり高く、踊

湯本館の梯子段

子を眺めるにしては少し高すぎるのではないかという印象を受けた。

何故こんなに高い位置なのだろうか、下から昇るなら普通はそんな高い所までは行かない。せいぜい四～五段目で十分見えるはずである。それが九段目という高い位置だったということは、推測するに、泊まった部屋が二階だったからであり、梯子段を下りながら見る位置を定めたということなのであろう。

湯ヶ島での二夜目、夕食をすませて二階の部屋にいた現実の「私」は、階下にかすかに太鼓の音を聞いた。

〈もしや、、、。〉「私」は、昨日の踊子たちがこの宿に流して来たのではないかと胸が高鳴った。

部屋から出てあたりの様子を窺ってみた。廊下に出ると玄関の方から太鼓の音が一層大きく聞こえた。階段から恐る恐る下を覗くと、板敷で芸人たちが踊っているのが見えた。果たして、その旅芸人たちは紛れもなく昨日出会った踊子たちだったのだ。「私」は思わず〈やった！〉と心の中で叫んだ。垣間見える踊子の華やかな衣装が眼にまぶしかった。

あまりに期待が見事に的中したので「私」は興奮でどぎまぎしてしまい、気恥ずかしさから、間近に寄って踊子たちを見る勇気が出なかった。峠の茶屋で表現された「私」の状況は、まさにここ湯ヶ島でのものだったのである。

「私」は、相手から気付かれないようにして梯子段をそおっと下り、踊子たちが見える最小限の位置に留まって覗くように踊子が踊るのを見ていた。その位置が下から九段目だったというわけである。

このときも、「私」はまだ一方的に踊子たちに想いを寄せているに過ぎなかった。だから、これも「出会い」とは言えない。「二度見ているのだった」と小説に書いてあるとおり、ただ見ていただけなのである。勿論ここでも、踊子たちは、「私」が特別の想いを持って一心に見ていたことなど知る由もなかった。

暫し梯子段で往時に想いを馳せていたが、次は作者が滞在していたという部屋に案内してもらう。

階段を昇って右手に曲がり庭に面した廊下を左に曲がると、正面に部屋がある。

『独影自命』には、

「渓流に向って一号と二号との八畳が二つ、廊下の左側に六畳が二つあったのだと思ふ。そのほかには、階段を上った突きあたりに、これは木の扉で、洋間まがひに畳を入れた一部屋、洋間と背なか合せに四畳半の五号室、二階はこれらの六室しかなかった。玄関から上った階段の左に四室あるのだが、五号室だけは右にあって、離れてゐるものだから、長逗留の私はそこにゐた。」

とあり、この五号室がその奥の部屋である。四畳半とあってさすがに狭かったが、書斎風の落ち着いた離れだった。宿の人の話では、ここに新婚の作者が夫人と共に滞在していたのだという。

ただし普段の滞在では、反対側の、渓流に向かった八畳間のうちの一号と呼ばれる奥の部屋が、湯ヶ島に来始めて以来のお気に入りだったようである。

その一号室はさすがに広々としていて風格があった。この部屋には欄間があり湯本館では一番いい客室だという。もちろん小説『伊豆の踊子』もこの部屋で書かれた。

お気に入りの一号室

その愛着ぶりから見て『伊豆の踊子』の旅で滞在したのはこの部屋だったのかもしれない。

先客の男女は既に立ち去ったようで湯本館は急に静寂に包まれた。

かつて、多くの文人たちが訪れ賑わったというその部屋は如何にも寒そうでひっそりとしている。主のいない机の上に、なにやら文庫本が置いてある。覗いてみると、それは『伊豆の踊子』であった。

ふと窓外に目をやると、冬の日差しを受けた渓流が昔日の光を懐かしむようにきらきらと輝いているのが見えた。

二、何故、二日目の夜なのか
― 湯ヶ島での計画 ―

「私」が二度目に踊子を見たのは「湯ヶ島の二日目の夜」だったと小説には書かれている。何気なく書かれたこの言葉であるが、何故それが二日目の夜だったのだろうか。「私」の湯ヶ島の初日には、踊子たちは修善寺に泊まっているのだから、ここに流してくるのは二日目以降しかない。だから二日目の夜で当然なのだが、どうもこの二度目の出会いにも釈然としないものを感じるのである。

湯ヶ島は伊豆への入り口である修善寺から十数キロの所にある。天城峠を目前に控えた山間の静かなたたずまいだが、良い温泉が湧いているという以外に取り立てて何かがあるというわけではない。そんな湯ヶ島に「私」は二泊した。

「私」の旅はこんな風に当てもなく同じ宿に二泊も三泊もするほど余裕があったのだろうか。修善寺から大阪の親戚に当てたハガキでは、湯ヶ野、下田、更には半島の南端を目指すはずだったのだから、ここでの足踏みとの間に微妙なズレも感じられる。ここに二泊したのは何か特別な理由があると思うのである。

作者は、『伊豆の踊子』の旅が終わった後もこの地を非常に気に入って、大正七年から約十年間毎年欠かさずにここを訪れ長期間逗留している。もちろん『伊豆の踊子』もこの湯ヶ島で執筆された。思い出の場所なら踊子と出会ってから三泊した湯ヶ野や別れの下田といった南伊豆だと思うのだが、何故か作者にとっては湯ヶ島がお気に入りのようだ。これほどの思い入れがある湯ヶ島は、作者にとって余程大きな意味を持つ場所なのに違いない。

仮に、伊豆へ一人旅に出て、踊子たちと出会わなかったとしたらこの旅はどんな旅になっていただろうか。小説では、「自分の性質が孤児根性で歪んでいると厳しい反省を重ね、その息苦しい憂鬱に堪え切れないで伊豆の旅に出て来ているのだった」という。何かを求めて旅に出た「私」にとって、この旅に大いに期待するものがあったに違いない。そして期待通りに何かが起こったのがこの湯ヶ島だった。

小説では、修善寺温泉を発って次の宿泊地である湯ヶ島へ向かう途中、「私」は湯川橋の近くで、修善寺に向かう踊子たちに出会った。そのときは若い女が三人だったが、踊子は太鼓を提げていた。「私」は振り返り振り返り眺めて、旅情が自分の身についたと思ったという。
旅情とは、旅という非日常の世界の中で日常の様々な制約から解き放たれ、自分の心情により忠実な行動をとろうとすることだとすれば、旅先で出会った若い女に興味を示し、心の赴くままに振り返り振り返り眺めた行為は、こんな旅情のうちにすぎなかったのだ、というわけである。

だが、殊更に淡泊を装う小説の記述とは裏腹に、踊子たちが入れ違いで修善寺へ向かうのを見たときの「私」は旅情が身についたどころの心境ではなかった。忸怩たる思いを抱きながらとぼとぼと湯ヶ島に向かった様子が目に浮かんでくる。

「私」は道すがらずっと考え続けたことであろう、〈今日が修善寺なら明日はきっと湯ヶ島だろう〉と。

「それから、湯ヶ島の二日目の夜、宿屋へ流して来た」

小説『伊豆の踊子』では、湯ヶ島の温泉宿に流してきた踊子たちの状況をこう書いている。
最初の出会いが、旅情が身についたと感じた程度のものであり、再び会うことも無いだろうと思っていた踊子たちが偶然にも「私」の宿屋に流してきたのだから美しい物語にならないはずはない。

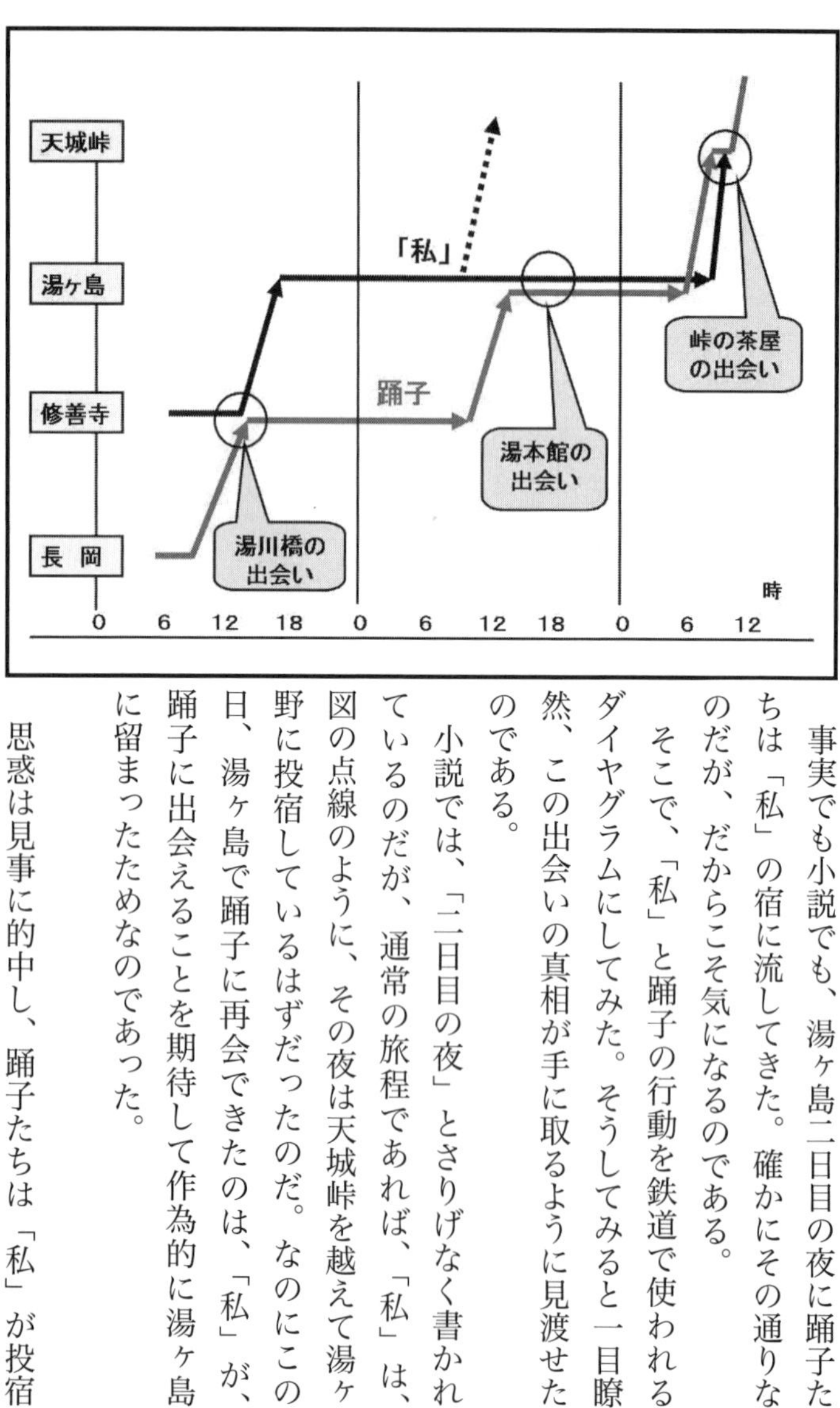

事実でも小説でも、湯ヶ島二日目の夜に踊子たちは「私」の宿に流してきた。確かにその通りなのだが、だからこそ気になるのである。

そこで、「私」と踊子の行動を鉄道で使われるダイヤグラムにしてみた。そうしてみると一目瞭然、この出会いの真相が手に取るように見渡せたのである。

小説では、「二日目の夜」とさりげなく書かれているのだが、通常の旅程であれば、「私」は、図の点線のように、その夜は天城峠を越えて湯ヶ野に投宿しているはずだったのだ。なのにこの日、湯ヶ島で踊子に再会できたのは、「私」が、踊子に出会えることを期待して作為的に湯ヶ島に留まったためなのであった。

思惑は見事に的中し、踊子たちは「私」が投宿していた湯ヶ島の宿に流してきた。小説では、こんな踊子たちの行程から、「――あの日が修善寺で今夜が湯ヶ島なら、明日は天城を南に越えて湯ヶ野温泉へ行くのだろう」と思いを巡らせたとされている。踊子たちが修善寺に泊まったのは昨日のことなのに「昨日」が「あの日」となっているのは異様な表現だ。

本来ならば、「昨日が修善寺で今日が湯ヶ島なら、明日は、、、、」と三日連続の事として書くべきところである。にもかかわらず、修善寺での出来事を遠い「あの日」とぼかしたのは、〈昨日が修善寺で、、〉ではあまりにも計画性が見え見えだからである。

〈私が明日の天城山中での出会いを期待したのは、あくまでも、今日、偶然に出会ったからであり、決して三日がかりの周到な計画などではありません〉

小説で作者はこう主張しているのである。

「あの日」と表現したのは、昨日からの連続性を断ち切ろうとした苦心の表現だったというわけである。

湯本館での二度目の出会いも、天城峠の三度目の出会いも決して偶然ではなかった。踊子を追うという「私」の伊豆の旅の計画は、既に修善寺から湯ヶ島へ向かう途上で練り上げられたものだった。結果は小説の通り、峠の茶屋での劇的な出会いを生み、ついに、踊子たちと下田までの同行に成功する。

　この計画は、この旅の死命を制する大計画であったわけで、後日小説『伊豆の踊子』の旅そのものともなった訳であるから、当地、湯ヶ島が作者にとって決して忘れられない思い出の場所となったのも当然のことである。

第三章　天城越え

一、茶屋の出会いは偶然なのか

天城七里の山道できっと追いつけるだろう。そう空想して道を急いで来たのだったが、雨宿りの茶屋でぴったり落ち合ったものだから、私はどぎまぎしてしまったのだ。

（『伊豆の踊子』）

ア、美しい偶然

―　出会いへの期待　―

天城越えというと真っ先に何を思いだすだろうか。石川さゆりの歌か、あるいは松本清張のミステリーか。伊豆路においてこの天城越え程話題に事欠かない場所はない。小説『伊豆の踊子』での天城越えは「私」と踊子の劇的な出会いの舞台となった場所である。

私たちは旧天城トンネルを目指して国道を南下し、旧道と書かれた標識に従って左へ折れ狭

旧天城トンネル北口

い山道に乗り入れた。入り口付近の道路はかなり狭く薄暗かった。「本当に大丈夫なの」という妻の声に無事たどり着けるかどうか一抹の不安がよぎる。十二月に入っていたためか訪れる人も見当らず、落ち葉の舞い散るつづら折りの道を上りながらトンネルにたどり着くまでにわずかに車一台とすれ違っただけだった。

だが、さすがに旧天城トンネルは人気スポットだった。「私」と踊子が出会ったトンネルの北口に着くと、そこにはタクシーやマイカーなど四、五台が駐車しており、トンネルの周囲には十数人ほどの観光客の姿があったのである。

目的は伊豆の踊子か松本清張か知る由もないが、訪れた人たちはトンネルの入り口で写真を撮ったり、トンネルの中に入ったりしながら、それぞれのトンネルへの想いに浸っているようであった。

苔むしたトンネルはさすがに歴史の重みを感じさせる重厚なものだった。

近くに説明板と石碑があるのだが、その内容が微妙に違うのが気になる。平成十三年に静岡県によって建立された石碑によれば、この旧天城トンネルは正式名称を天城山隧道といい、明治三十七年に完成したものである。延長は四百四十五・五メートル、幅員四・一メートル。トンネル本体や坑口が全て石で出来ており、現存する石造トンネルとしては日本最長のものであることから平成十三年に国の重要文化財にも指定されているという。

峠の茶屋があった場所は、現在トイレや駐車場となっているあたりだろうと思われた。「下を覗くと美しい谷が目の届かない程深かった」と小説に書かれているように、駐車場の後は深い谷で、階段が底に向かって果てしなく続いていた。ここから下ると現在の国道のトンネルの入り口にあるバス停付近に出ることが出来るのだという。

小説では、峠の茶屋での出会いについて、

「私は一つの期待に胸をときめかして道を急いでいるのだった。そのうちに大粒の雨が私を打ち始めた。折れ曲った急な坂道を駈け登った。ようやく峠の北口の茶屋に辿りついてほっとすると同時に、私はその入口で立ちすくんでしまった。余りに期待がみごとに的中したからである。そこで旅芸人の一行が休んでいたのだ」と記されている。

更にその少し後には、「あの日が修善寺で今夜が湯ヶ島なら、明日は天城を南に越えて湯ヶ野温泉へ行くのだろう。天城七里の山道できっと追いつけるだろう。そう空想して道を急いで来たのだったが、雨宿りの茶屋でぴったり落ち合ったものだから、私はどぎまぎしてしまったのだ」と、出会いに至る経緯が繰り返し説明されている。

峠の茶屋での出会いがある程度予期されたものの、期待があまりにも見事に的中したものだから自分自身でも驚き、どぎまぎしてしまい立ちすくんでしまったというわけである。

イ、緻密な計画

― 追いつける条件 ―

「私」が湯ヶ島の宿で練りに練った見事な計画の内容とは一体どのようなものであったのだろうか。どのような条件が整えば踊子たちと峠の茶屋でぴったり落ち合えるのだろうか。

計画の内容を解明するために、まず、小説の中から、当日の彼等の行動に関する記述を探してみた。それらを整理すると以下の通りとなる。

①峠の茶屋で（「私」が着いてから）小一時間ほど休んだ。
②湯ヶ野の木賃宿に着いてから一時間ほど休んだ。
③木賃宿とは別の旅館「福田家」に案内されて内湯につかった。
④風呂から上がって直ぐに昼飯を食べた。その時はまだ三時前だった。
⑤「私」が湯ヶ島を立ったのは朝の八時だった。

これらの手がかりから踊子と「私」の行動についてダイヤグラムを作成したのが図である。湯ヶ島から峠の茶屋までの距離は約十・六キロ、トンネルの前後が約五百メートル、トンネル出口から湯ヶ野までは約十・五キロである。

踊子たちの歩く速度は普通として時速4キロ、「私」の速度は速足として時速5キロとした。

峠の茶屋での休憩時間は「私」が着いてから小一時間であるから、着く前を含めてこれを一時間とし、湯ヶ野の木賃宿での休憩は小説のとおり一時間、福田家に案内され風呂から上がるまでを四十分とした。

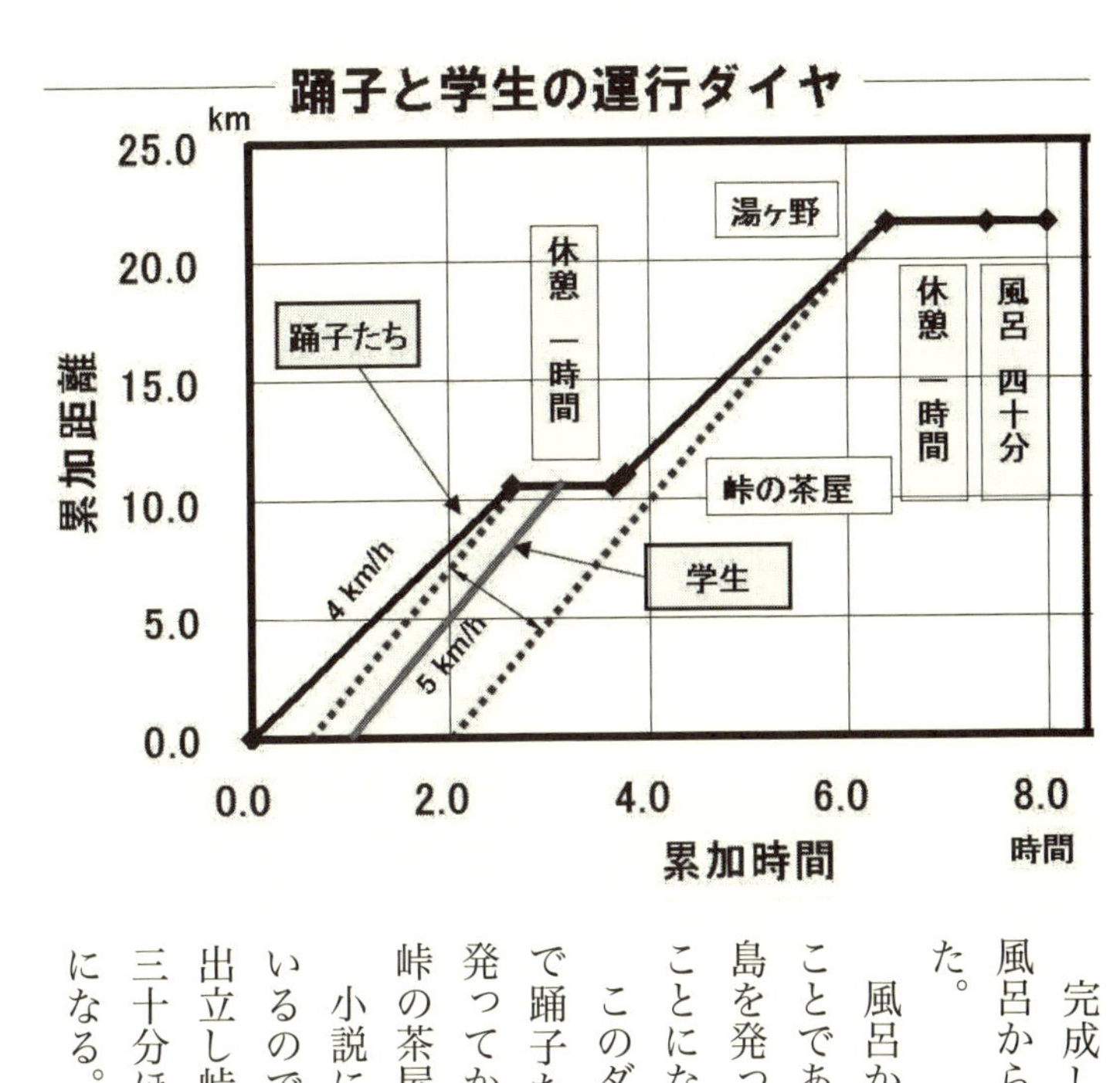

完成したダイヤグラムによれば、「私」が風呂から上がるまでの全行程は八時間となった。

風呂から上がった時刻が午後三時前ということであるから、逆算すると踊子たちが湯ヶ島を発ったのは朝の七時少し前だったということになる。

このダイヤで見てみると「私」が峠の茶屋で踊子たちと出会うためには、踊子たちが発ってから約三十分後に出立（しゅったつ）するとちょうど峠の茶屋で追いつくことになる。（点線左）

小説には「私」が八時に発ったと記されているので、実際は踊子たちから一時間遅れて出立し峠の茶屋で踊子たちが休み始めてから三十分ほど過ぎた午前十時頃に到着したことになる。

踊子から遅れること一時間の出立というのは、峠の茶屋での休憩を前提とすると最善のタイミングということになるが、旅芸人たちが休憩しなかった場合は少し遅れすぎという懸念もある。その場合、追いつけるのは峠の向こう側となるから、出会いの場所としてはやや苦しくなってしまう。従って、「私」の最適出立時刻は踊子たちの出立後三十分から一時間の間とかなり限定されてくる。ちなみに、「私」の出立が二時間以上遅れると天城の山道で追いつくことは出来ない。(点線右)

以上のことから、一見幸運によってもたらされた印象を受けるこの出会いは、実はかなり緻密に計算されたものであったことが分かる。

踊子に会って「私」が「どぎまぎ」してしまったのは、あまりにも見事な追いかけ作戦の成功に驚いてしまい、肝心の踊子へのアプローチに対する心の準備が出来ていなかったため次の行動がすぐに起こせなかったからであろう。

ウ、急ぐ理由

― 踊子は前方にいる ―

こうした出立時刻の見事な時間調整は具体的にどのようにして実行されたのであろうか。いくら「あの日が修善寺で今夜が湯ヶ島なら、明日は天城を南に越えて湯ヶ野温泉へ行くのだろう」と予想したとはいえ、それはあくまでも一般的な推測であって、実際の踊子たちの行動を保証するものではない。そんな推測だけで、「天城七里の山道できっと追いつけるだろう。そう空想して道を急いで来た」というのはあまりにも暢気（のんき）という他はない。

第一、その日に踊子たちが実際に立ったのかどうかさえも分からない。何らかの理由で相手が湯ヶ島に二泊することになったら修善寺のすれ違いの二の舞になってしまう。

更に、当日予定通りに出立したとしても、出立の時間が正確に分からなければ天城の山道でぴったり追いつくなどという芸当は、先のダイヤ分析で明らかになったように、到底不可能である。頭脳明晰な高等学校の学生である「私」がそんなことに思い至らないはずはない。偶然の出会いを演出するためには、用意周到な計画に基づく正確な行動があったはずである。

小説では、踊子に追いつこうと「私」が急いで山道を登っている姿が繰り返し描かれているのだが、この急いでという部分が妙に気にかかる。

何故「私」は急いでいたのか？　当たり前のことだが、急ぐという事は、とりもなおさず前方に踊子たちがいるという確信があったからである。だから、「私」は、必ずそうなるはずだという期待に胸をときめかして道を急ぐことができたのだ。

では何故「私」にそんな確信があったのか？　それは、「私」が実際に踊子たちの出立を確認してから出立したため、という理由以外は考えられない。


「私」は、踊子たちが湯ヶ島の宿に流してきたその夜、宿の者にそれとなく尋ねるなど、何らかの方法で踊子たちの宿や、明日踊子たちが出立するという情報を入手したのであろう。出立の朝は、当然ながら、踊子たちが木賃宿から出立するのを確認した。世古峡付近にあったといわれる木賃宿（「世古館」とも言われるが定かではない）から下田街道に出るには一本道で必ず湯本館の前を通る必要があったことから、西平橋を渡ってやってくる踊子たちを確認するのは比較的容易だったと思われる。

踊子たちの出立の確認後、「私」は、頃合いを見計らっておもむろにその後を追った。

「天城七里の山道できっと追いつけるだろう」

小説では自信を持ってこう書いている。なにしろ出立を見届けているのだからこれほど確実なことはない。

しかし、成算はあったものの時間が経つにつれて焦りも出てくる。

「私」の足が自然に急ぎ足になって行くのはやむを得ない。

小説に繰り返し出てくる「急ぐ」の表現はこうした「私」の気持ちが素直に出たものだった。

エ、情報操作

― 虚構に徹しきれなかった小説 ―

道がつづら折りになって、いよいよ天城峠に近づいたと思う頃、雨脚が杉の密林を白く染めながら、すさまじい早さで麓から私を追って来た。

（『伊豆の踊子』）

これまで説明してきたような膨大な経緯を経て、ようやく冒頭の記述に辿り着くのであるが、ここに至るまでには、湯川橋で初めて出会って以来、獲物を獲得するための足かけ三日にわたる情報収集活動と綿密な計画があった。「私」はこの日のために膨大な手間をかけていたのだ。

書き出しが峠の場面からとなっているのは、踊子との出会いをより劇的なものとするための小説のテクニックであろうが、同時にそれは「私」の行ってきた数々の秘密工作を知られたくなかったからでもあった。峠の出会いまでの経緯は過去形でさらりと紹介し、不都合な事実の数々は省略して、偶然を基調とした美しい物語が組み立てられてゆく。

出来るならば、ここに至る前段の物語には触れたくなかったであろう。とはいっても、何の脈絡もなくいきなり峠の茶屋で出会ったとするのもあまりに作為的すぎる。推理小説のような伏線はあった方がよい、何よりもそれは事実なのだから、、、。

しかし、さすがにこれらの秘密工作をそのまま全て書くわけにはゆかなかった。そこで作者は前段の物語を巧みにロンダリング（洗濯）したというわけである。

だが、いくら洗濯しても汚れの痕跡は残るものだ。洗濯したことによって、湯川橋の出会いも、湯ヶ島の二日目の夜も、峠の茶屋の出会いも、かえって疑念を生じさせる結果となってしまった。

この小説について、作者は、「事実そのままで虚構はない」と言うのだが、だからといって言葉通りにこれを紀行文と考える人はいないだろう。『伊豆の踊子』はあくまで小説なのである。小説であるならば、事実を素材としながらも事実を超えた美しい出会いの物語として虚構に徹することも出来たはずだ。

最初に出会ったのは湯川橋でなくとも良かったし、湯ヶ島の宿に流してきたのは第一日目の夜でも良かった。雨で駆け込んだ先に偶然踊子がいたところから物語が始まったとしてもそれはそれで良かったのではないか。そうすれば踊子を追いかけて峠道を急ぐ必要も無く、何よりも矛盾なく物語を組み立てることが出来たであろう。

小説では、「私」の急ぐ理由を詮索されたくないために、峠の茶屋の出会いの前にもう一つの情報操作を行った。それは「雨」である。

「そのうちに大粒の雨が私を打ち始めた。折れ曲った急な坂道を駈け登った。ようやく峠の北口の茶屋に辿りついて、、、」

突然降り出した大粒の雨の登場は、いつの間にか「私」の急ぐ理由を巧妙にすり替えてしまった。「私」がこれほどに急いだのは先にいるはずの踊子に早く追い着こうとしたためではない。突然の雨に見舞われて急いで坂道を登ったからであり、その先の茶屋に偶然踊子たちがいたのだ、というわけである。

美しい文章に秘められた見事な情報操作というべきであるが、せっかくのわかりやすい理由なのだから、そのまま「雨」のための偶然であっても十分だったのではないかと思う。

苦心の末の情報操作の数々は、事実の重みに縛られて小説に徹しきれなかったということなのであろうか。

二、出口から芸人達は見えたのか

トンネルの出口から白塗りの柵に片側を縫われた峠道が稲妻のように流れていた。この模型のような展望の裾の方に芸人達の姿が見えた。六町と行かないうちに私は彼等の一行に追いついた。

（『伊豆の踊子』）

ア、見えなかった旅芸人

― 出口の風景 ―

せっかく旅芸人一行に追いつき踊子に間近に向かい合ったのもつかの間、茶屋の婆さんが出てきて「私」を別の部屋に案内してくれた。雨に濡れた「私」が囲炉裏（いろり）で暖をとっている間に踊子たちは先に出立してしまった。

小説ではこのときの心境を、

「私も落着いている場合ではないのだが、胸騒ぎするばかりで立ち上る勇気が出なかった。旅馴れたと言っても女の足だから、十町や二十町後れたって一走りに追いつけると思いながら、炉の傍でいらいらしていた」と記し、

茶屋の婆さんに彼女等の今夜の宿泊先などを訊ねて、お客があれば何処にでも泊まる連中だと聞いた「私」は、それならば、踊子を今夜は私の部屋に泊らせるのだとばかり一層奮い立ち、茶屋から再び後を追うことになる。

見送りについてくる茶屋の婆さんを振り切ってようやくトンネルの出口まで来たとき、小説の「私」は、峠道の裾の方に旅芸人たちを確認する。そして、そこから六町（約六百五十メートル）と行かないうちに追いついた。

このとき、「私」がトンネルの出口から見た芸人たちはどの位先を歩いていたのだろうか。また、「私」は茶屋からどれくらい遅れて出発したのだろうか。

これらの状況を明らかにするために、例によって、このときの行動をダイヤグラムにして解明してみることとする。

「私」が芸人たちに追いついた地点はトンネルの出口から約六町（六百五十メートル）と書かれている。この数字、いやに正確だがここは小説を信用するしかない。

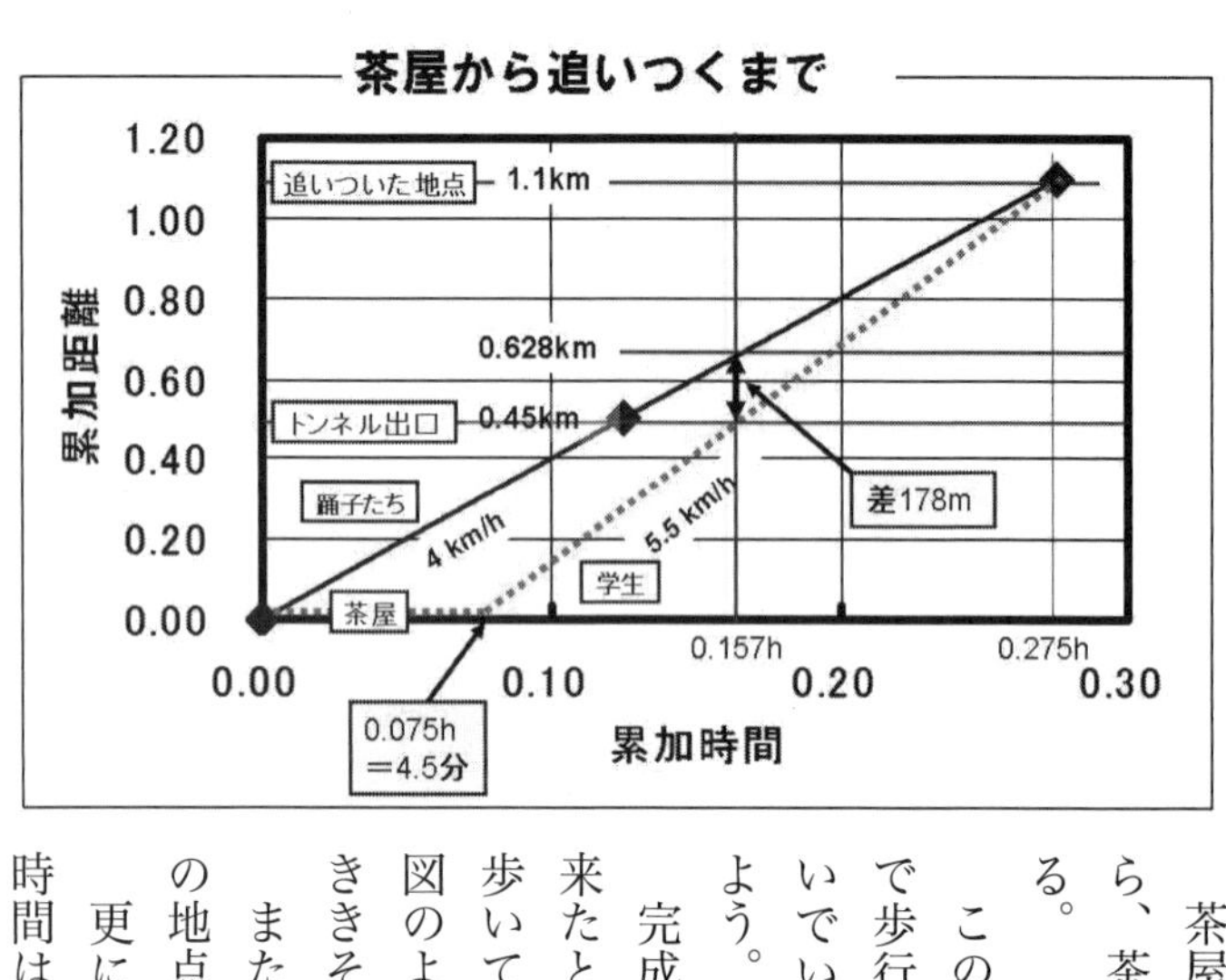

茶屋からトンネル出口までは約四百五十メートルだから、茶屋から追いついた地点までは約千百メートルとなる。

この間を踊子たちは一定の速度、時速四キロメートルで歩行したと仮定し、「私」の方は、このとき、相当急いでいたであろうから、速度を五・五キロメートルとしよう。

完成したダイヤによれば、「私」がトンネルの出口に来たとき、踊子たちは「私」の約百八十メートル前方を歩いていたという結果となった。これを地図上で表すと図のようになり、ちょうどトンネルの出口から見通しがききそうな位置であることが分かる。

また、追いついた場所とされるトンネル出口から六町の地点は、寒天橋の数百メートル手前である。

更に、「私」がいらいらしながら峠の茶屋で過ごした時間は、約四分三十秒だったということもわかった。

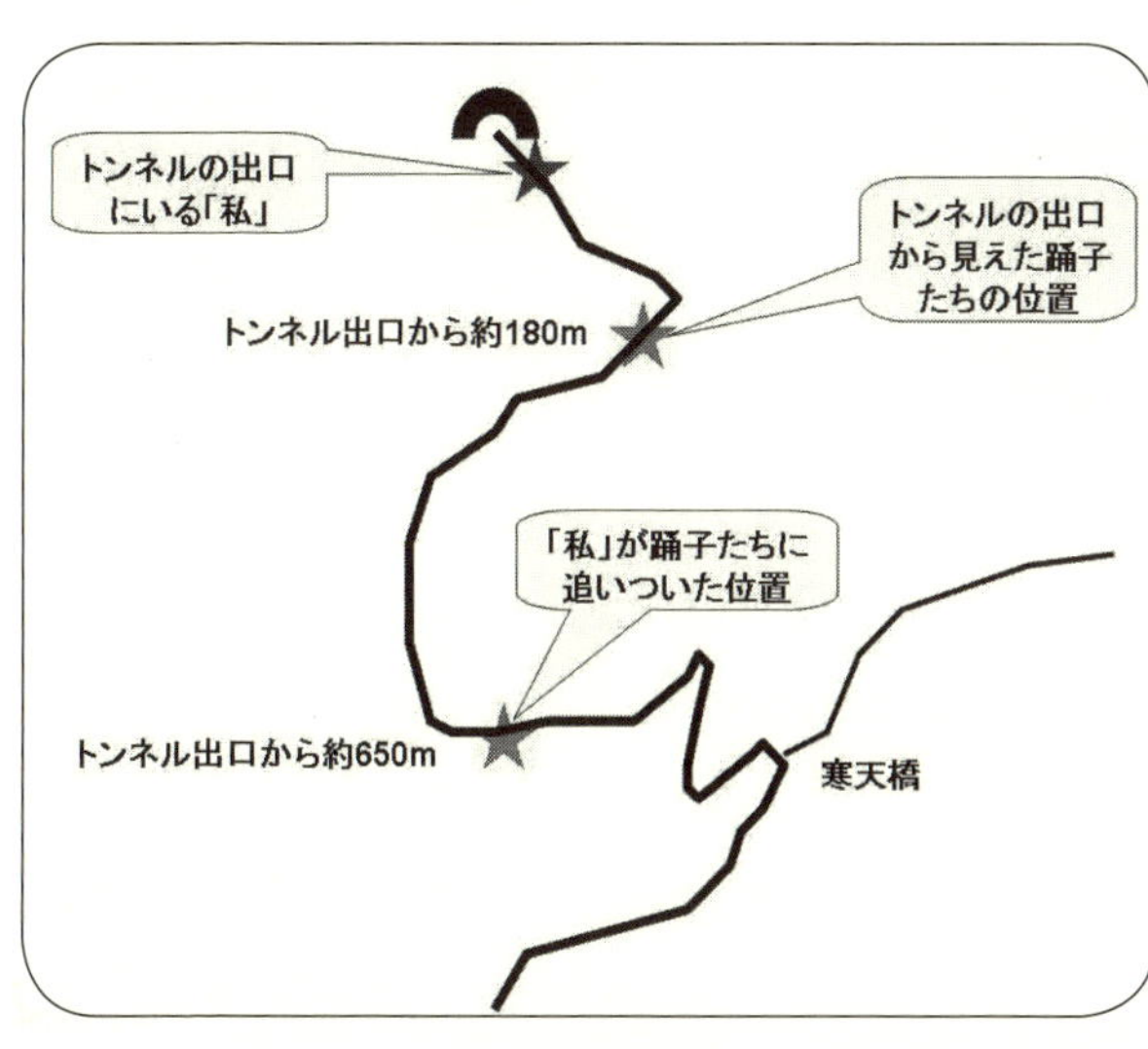

午後の早い時間にもかかわらず、トンネルの北の入り口は日の陰りが早くどことなく寂しい。トンネルの向こう側には明るそうな南伊豆の風景が小さく顔を覗かせていた。

　トンネルの出口で約百八十メートル先を歩いていたと思われる踊子たちは果たしてどのように見えるのであろうか。先行した踊子たちを追った学生のように、私たちもトンネルを抜けて出口の風景を確認することとする。

　小説では、トンネル出口からの眺望を、「白塗りの柵に片側を縫われた峠道が稲妻のように流れていた。この模型のような展望の裾の方に芸人達の姿が見えた」としている。

　しかし、トンネルの出口に出て驚いた。そこには、小説の記述とは全く違って、白塗りの柵に片側を縫われた峠道が稲妻のように流れている展

トンネルの向こうには南伊豆が

トンネル出口からの眺め

望どころか、道は数十メートル先で見えなくなっていたのである。

あまりにも違う風景に戸惑いながらも、百八十メートル先にいるはずの踊子たちはどの辺かと、それらしき方向を探すのだが、目の前に山が迫るばかりで何も見えない。

これは駄目だとあきらめかけてトンネル右側にある広場に出たとき、それとおぼしき方向に木々の間から人や車がちらちらと見え隠れする場所を発見した。

どうやら先ほど湯ヶ野方面に下りていった人たちらしく、そのあたりを街道が通っているらしい。よく目を凝らしてみると、人の姿全体は見えず、辛うじて上半身から頭の部分がチラチラと見えながら右下方に沈んでゆくのが見えた。

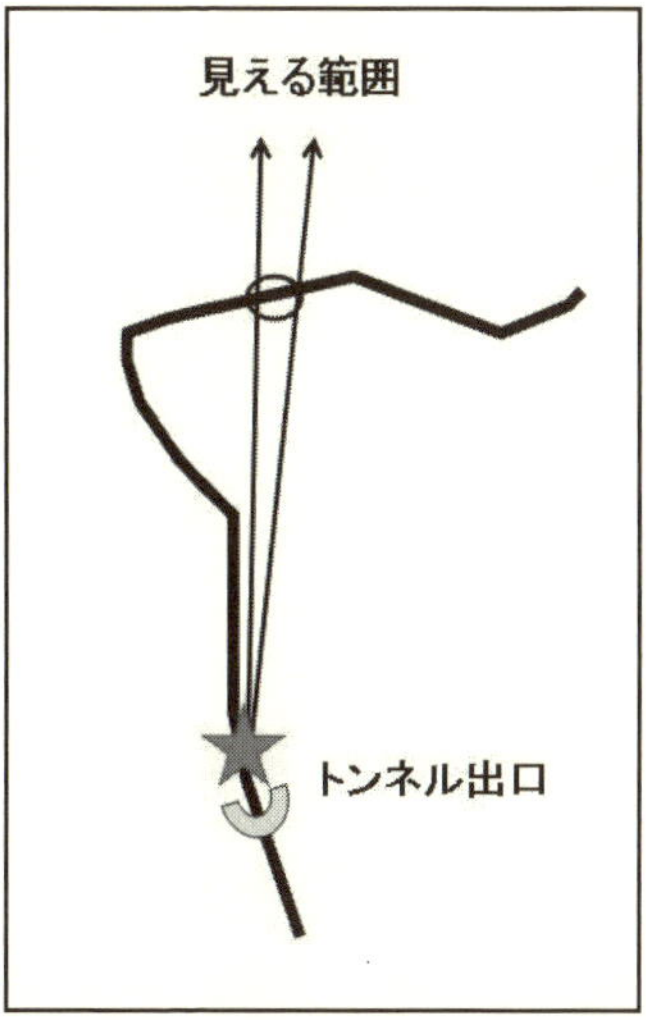

トンネル出口からの下田街道は、先ず右へ緩やかに曲がりながら下ってゆく。その先で左へ緩やかに曲がる。次ぎに、大きく右へ反転し、トンネル出口からの視界方向を左から右へ横切るように続いている。トンネル出口から見えたのは、この横切るところであり、出口からの距離を計ってみると約百八十メートルであったから、図面上で見当をつけた場所に間違いない。私は自分の計算が

合っていたことに安堵した。

しかし、何よりも驚いたのは、百八十メートル先に見えたことではなく、見える区間が百八十メートル先の部分しか無かったという事実である。しかも、その区間はわずかに二十メートルほど、通過時間にして約十五秒程度、それも右側の広場から良く注意してみないと分からないという見え方なのである。

イ、十五秒の見通し可能時間
―　天城峠の「点と線」　―

小説のように、トンネルの出口から湯ヶ野側が一望に俯瞰できるのなら、単純に、「私」はそのとき、約百八十メートル先を歩いていた芸人たちが見えた、で済むことである。

しかし、見えるのが、約百八十メートル先のわずか二十メートルの部分しかなく、しかもその時間はわずか十五秒程度だとしたら話は別ではないだろうか。

こうした状況に遭遇するのがどれほど難しいものなのかを検証してみたい。

茶屋での遅れを取り戻すべく「私」が芸人たちの後を追ってトンネルの出口に来たとき、ちょうど芸人が百八十メートル先にいるという状況はどんな場合に可能なのだろうか。

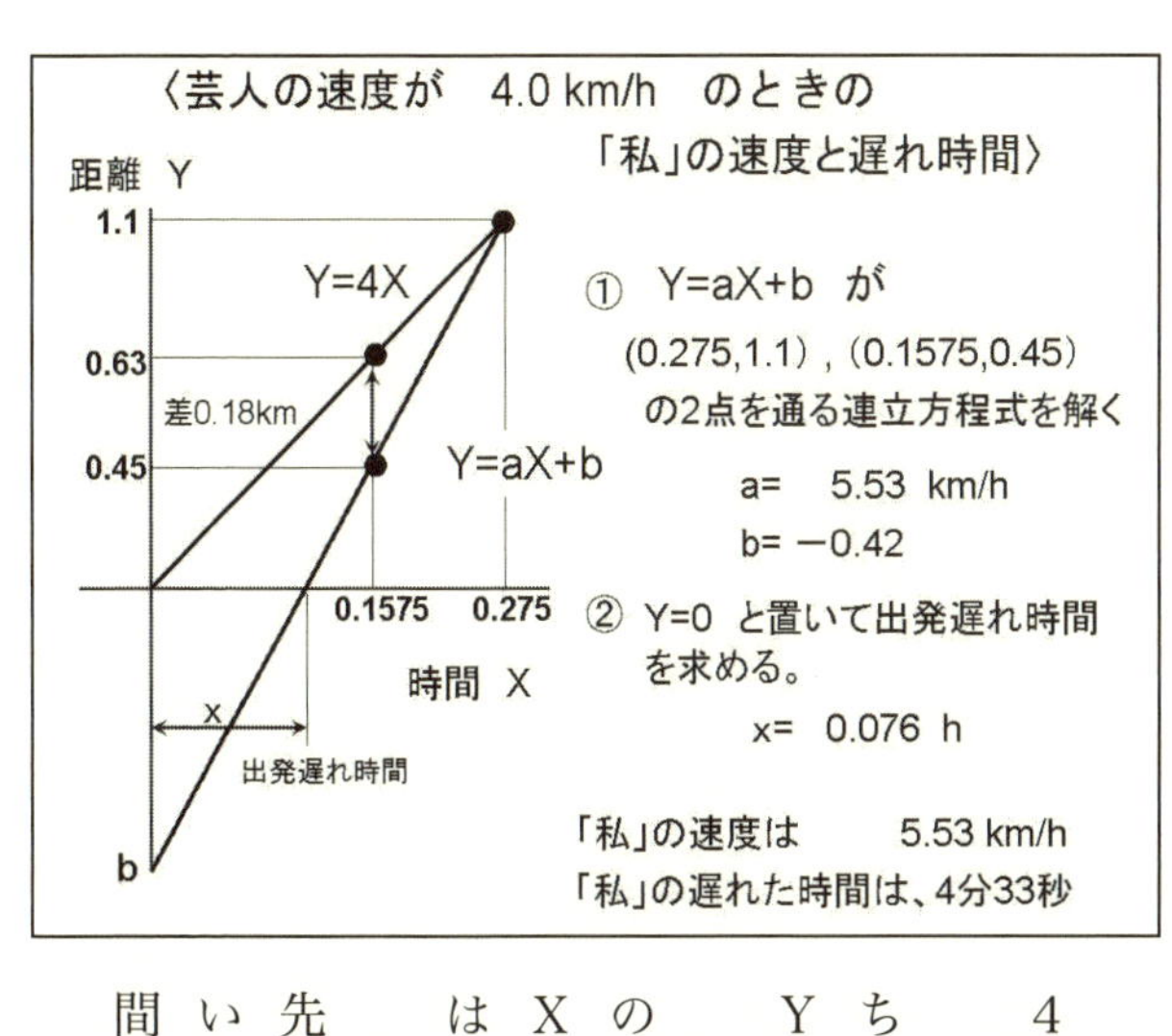

試算はまず先のダイヤのように、芸人たちが時速４kmで湯ヶ野方面に歩いて行く場合で行った。

Yを距離（km）、Xを時間（h）とすると、芸人たちと「私」の歩行を表す数式は、それぞれ、Y＝４X、Y＝aX＋bと表すことが出来る。

「私」が芸人たちに追いついたのは、Y＝１・１kmの地点だから、Y＝４Xの式から、その時の時間は、X＝０・２７５hとなり、「私」と芸人の二つの直線はこの点を共有する。

また、芸人たちが、トンネルの出口から０・１８km先、すなわち、起点からY＝０・６３kmの地点に先にいる時刻を、Y＝４Xの式から求めるとその時の時間は、X＝０・１５７５h となる。

この、X＝０・１５７５h の時に、「私」はトンネル出口であるY＝0・45kmのところにいるのであるから、「私」の直線はこの点と先程の追いついたところの共有点の二点を通る直線ということになる。

従って、「私」の式にこの二点の数字を代入して連立方程式を解けばaとbが求められる。

このときのaは「私」の速度を表し、特定された式でY＝0のときのXの値を求めれば、これが「私」の遅れた時間となる。

こうして計算した結果、芸人たちが時速4kmで歩いていた場合は、「私」が峠の茶屋を4分33秒遅れて出発し、時速5・53kmで追いかけたときに、ちょうどトンネルの出口で、180m先にいる芸人たちを見ることが出来るということになる。前節では「私」の速度を仮に5・5kmとして試算したのだが、正確にはこういう結果となった。

この図を見ておわかりいただけると思うが、この二点を通る直線はたった一本しか引けない。ということは、芸人が一定の速度4kmで移動すると仮定したときは、「私」は茶屋で正確に4分33秒待って出発し、速度も正確に5・53kmで追いかけなければならないということになる。

待ち時間がこれより短くても長くても駄目、「私」の速度がこれより速くとも遅くとも駄目、これ以外の待ち時間や速度ではトンネル出口から180m先にいる芸人を見ることは絶対に出来ないのである。

次に、芸人たちの速度を変えて試算してみた。

その結果、芸人たちが時速4・5kmの場合では、「私」は、4分5秒遅れで出発し、時速6・26kmで追いかけ、芸人たちが時速5・0kmの場合は、3分40秒遅れで出発し、時速6・91kmで追いかけなければならないという組み合わせになった。

この遅れ時間と両者の速度の組み合わせの三条件がそろったとき「私」は初めてトンネルの出口で180m先にいる芸人たちをピンポイントで見ることが出来ることになる。しかも、その時間はわずか十数秒しかないとすれば、如何にこの条件を満たすことが希なケースであるかがおわかりいただけたと思う。

【芸人と「私」の速度と待時間】

芸人の速度　(km)	4.0	4.5	5.0
茶屋の待時間 (分)	4.56	4.08	3.66
「私」の速度　(km)	5.53	6.26	6.91

なお、小説によれば、婆さんが峠の茶屋から一町ばかりちょこちょことついてきてとうとうトンネルの入り口まで来てしまったという記述がある。すると茶屋からトンネル入り口までの距離は一町（百九メートル）ということになるのだが、現在、一般的に茶屋の跡と言われている場所からトンネル入り口まではどう見ても数十メートルしかない。大正五年頃の風景といわれる二林氏撮影の写真が冊子等で広く紹介されているが、それを見ると茶屋はトンネルのすぐ

入り口にある。一説によれば、百メートルほど離れたところに別の茶屋があったともいう。

仮に、茶屋がトンネルの一町手前であったとしても、トンネル出口から百八十メートル先の芸人を見るという「私」のタイミングは、先の二点を通る直線一本しかないから変わらないことを付記したい。


私は、この試算をしながら、松本清張の推理小説「点と線」を思い浮かべていた。

東京駅13番線の横須賀線ホームから15番線にいる東海道線の博多行き特急〈あさかぜ〉を見通せるのはたった四分間だけだった。犯人の男は、この見通しのきく四分間があるのを利用して、列車に乗り込む男女の二人連れを、行きつけの料理屋の女中にわざと目撃させた、というのが「点と線」の有名な四分間の見通し時間である。

この芸人を見ることが可能な、トンネル出口から百八十メートル先の地点の十五秒間のタイミングというのも、これに負けず劣らず希少な条件といえよう。

トンネル出口から芸人たちを確認出来る可能性がある以上、現実の「私」がここで絶対に見なかったとは言い切れない。だが、見えるための諸条件を勘案すれば、「私」は実際にこの場所で芸人たちを確認することは非常に厳しかったと考えざるを得ない。

峠の茶屋から追いかけてきた「私」は、トンネルの出口でもまだ芸人を発見することが出来なかったようだ。

小説の構成上、トンネルの向こう側には明るい南伊豆の風景が必要だったのだろう。だが、期待に反して現実のトンネル出口は山が目の前に迫り閉塞感が漂っていた。旅芸人たちが見えないことはなかったが、発見可能な時間がたった十五秒とあっては、あまりにも作為的で採用するわけには行かなかった。

トンネル出口の壮大なパノラマ風景の創作はこんな事情によるものだったのだろうか。

ウ、追いついた場所

― 六町の算出方法 ―

小説のようにトンネルの出口で芸人たちが見えていれば「私」は一安心といったところだった。

しかし、実際の出口では全く見通しがきかず、芸人たちがどの辺にいるのかも全く見当が付かなかった。〈そんなに遠くまで行くはずがない〉と思いつつも私の心に〈このまま追いつけないのではないか〉という不安がよぎった。

ひたすら芸人を追って駆けるように道を下り、左への急なカーブを曲がったその瞬間、突然目の前に旅芸人たちの後姿が出現した。今度こそ三度目の正直だ。

「私」が追いついた場所とされるトンネルの出口から六町の地点は木々の枝が両側から覆い広がる閑静な森の中だった。

「私」が芸人たちに追いついたと思われる場所

小説では、「私」が芸人に追いついた場所を、六町と行かないうちとしている。いやに正確な記述に違和感を覚える。この何もない山の中でどこからそんな数字が出てくるのだろうかと長らく疑問に思っていた。

このときふと気づいたのは峠道の要所に立てられた道標である。

この先、数百メートルほど行くと寒天橋の分岐点に出る。ここを左に曲がれば八丁池に通じている。峠越えには重要な分岐点だ。トンネルの出口からも寒天橋の分岐点は格好の目標になる。「私」はトンネル出口か寒天橋付近で「これより天城トンネル入り口まで十町」等々の道標を見たのではないだろうか。

トンネル出口から寒天橋の分岐点までは約十町（一・一キロ）だから、追いついた場所から寒天橋へ至るまでの距離を考えて、半分より少し長い程度だったからその位置を六町としたことは十分に考えられることである。

三、ストーカーだった「私」

ア、どちらが先に声を掛けたのか

― 初めての会話の疑問 ―

しかし急に歩調を緩めることも出来ないので、私は冷淡な風に女達を追い越してしまった。十間程先きに一人歩いていた男が私を見ると立ち止った。

「お足が早いですね。——いい塩梅に晴れました」
私はほっとして男と並んで歩き始めた。男は次ぎ次ぎにいろんなことを私に聞いた。二人が話し出したのを見て、うしろから女たちがばたばた走り寄って来た。

（『伊豆の踊子』）

程なく彼等の一行に追いついた小説の中の「私」は、話しかけるきっかけもなく冷淡な風に女たちを追い越さざるを得なかった。

しかし、十間程先に一人歩いていた男が「私」を救った。男は「私」を見ると立ち止まり声を掛けてきたのだ。「私」は男に話しかけられてほっとする。男は次々といろんなことを「私」に聞く。

こうして「私」は、都合四度目（湯川橋・湯ヶ島・峠の茶屋・峠道）の出会いの末にようやく踊子一行と会話が出来るようになったのである。

旅芸人たちと初めて会話をするまでのいきさつは「私」にとって理想的な展開となった。何しろ、「私」が話しかけたいと思っていたところに都合良く相手の方から話しかけてきたのだからこれ以上の幸運はない。「私」は何の精神的な負い目も感ずることなく目的を達することが出来たのである。

小説があまりに出来過ぎた展開だから、つい現実はどうだったのだろうかと考えてしまう。

まず双方の置かれた状況を考えてみよう。

この当時、高等学校の学生と旅芸人とは対極をなす存在だったはずだ。旅芸人たちからの接近があり得ないことでは無いとしてもその確率は極めて低いと考えなければならない。何よりも旅芸人たちには「私」に接近しなければならない理由など何一つ無いのだから。

その反対に、「私」は旅芸人たちへの接近を目的としていた。もしここでそのまま追い越してしまったらもう一巻の終わりである。最後のチャンスともいうべき場面なのだから、何が何でもここで会話が出来なければならなかったはずである。

そう考えると「私」がこのチャンスに無為無策であったはずはない。直接的な会話ではなかったとしても、そこには「私」からの何らかの接近行為が必ずあったと思われるのである。

この小説では旅芸人たちへの接近に対する「私」の作為や拘泥（こうでい）を一貫して否定してきている。湯川橋では単に出会っただけだった。湯ヶ島の宿では旅芸人の方から偶然に流してきた。峠の茶屋で出会ったのは雨のためだった等々。これら一連の出来事に「私」からの作為や拘泥は一切なかった。全て受け身だったというのである。
だが、こうした流れから考えると、この初めての会話の場面にも「私」からの接近工作が隠されている可能性が大きいのである。
考えてもみよう、ここで「私」から旅芸人たちに声を掛ける場面を、、、。誇り高きエリート青年にそんな行為は似つかわしくない。それは絶対に小説に書けるはずがないのである。

イ、学生様のお通りだ

―　エリートのお披露目　―

「高等学校の学生さんよ」と、上の娘が踊子に囁いた。

（『伊豆の踊子』）

「私」と男との会話が始まると、女たちは、まるで人気俳優に群がるようにばたばたと走り寄ってきた。「『高等学校の学生さんよ』と上の娘が踊子に囁いた」と小説には書いてある。何故ここで〈囁く〉のであろうか。

その理由は、高等学校といっても今で言う高等学校とは全く違うからである。当時の高等学校というのは帝国大学の教養課程のようなものであり、帝国大学への入学を保証されていたから、その学生といえば社会のエリートと見なされていたのである。

作者である川端康成は大正六年三月、大阪の茨木中学を卒業するとすぐ上京、同年九月、第一高等学校に入学している。この『伊豆の踊子』の旅は、その翌年の大正七年秋、満十九歳の時のものだった。作者はその後、大正九年に東京帝国大学文学部英文科に進んでいる。

一方の旅芸人といえば、旅をしながら客があればあり次第、芸をしながら生計を立てる人たちで、茶屋の婆さんにまで〈あんな者〉と蔑まれるほど社会の最底辺にいる存在である。当時の感覚では、その身分の差は計り知れないものがあった。

この〈囁く〉というのは、現代で言えば〈ほら、ほら、あそこに俳優の誰々某が歩いているわよ〉と、女学生が街で見かけた有名人をひそひそと教え合うといった感じであろうか。

「私」は、高等学校の制帽をかぶり、紺飛白の着物に袴をはき、学生カバンまで肩にかけて、如何にも学生様だという格好で旅をしていたから、その効果はてきめんだったのだ。

この〈囁く〉という表現は、伊豆の山中を旅する芸人たちでさえその権威を認め、ささやき合われるほどに畏怖され、あこがれられるべき存在として見られたことを自慢しているのだ。

「私」と旅芸人たちとは、最初に出会ったときから、既にこうした階級の差を前提に交際が開始されたのである。

私たちは、「私」が第一目標を達成した峠の坂道を湯ヶ野に向かって車でゆっくりと下った。途中、数組のハイカーに出会ったものの他の車とすれ違うことはなかった。

「踊子歩道」に立つ「踊子と私」の像

まもなく国道の近くに出た。道は左右に分かれている。旧道は左に更に続くのだが、私たちは右から一旦現国道四百十四号に出て南下することにする。

途中の水垂（みずたれ）というバス停ではこれから渓谷を歩こうとする中年女性のグループが降り立つのに出会った。

「湯ヶ野までは河津川の渓谷に沿うて三里余りの下りだった」と小説に書かれているように、ここからの旧道は河津川沿いとなり、河津七滝（かわづななだる）と呼ばれる大小七つの滝が点在する絶好のハイキングコースとなっているのだ。

そこを通り越すとやがて河津のループ橋にさしかかる。半径四十メートルの二重の螺旋で高低差四十五メートルを一気に下るというこの道路は、昭和五十六年に開通以来、天城峠の見どころの一つとして有名である。

見た目は美しい道路であっても、実際に走るほうとしては大変だ。高速道路のランプのような急カーブを二回も回るとさすがに目が回りそうだ。ちなみに制限速度は三十キロであるがそんな速度で走っている車はいない。

下りきったところから左折すると、旧道へ戻ることが出来る。遥か上に見えるループ橋をくぐって、旅館や土産店の建ち並ぶ通りを進み、私たちは河津七滝バス停の駐車場に車を駐めた。そこから途中の初景滝(しょけいだる)まで歩いてさかのぼってみた。

綺麗に整備された旧道(踊子歩道という)には「踊子と私」の像なども設置され、『伊豆の踊子』のイメージでいっぱいだった。初冬の寒い日だったが、遊歩道は多くの観光客で賑わっており、ようやく観光地らしい雰囲気になって来た。

ウ、「私」はストーカー

―　エリート意識のゆがみ　―

私と男とは絶えず話し続けて、すっかり親しくなった。荻乗(おぎのり)や梨本なぞの小さい村里を過ぎて、湯ヶ野の藁屋根が麓に見えるようになった頃、私は下田まで一緒に旅をしたいと思い切って言った。彼は大変喜んだ。

湯ヶ野の木賃宿の前で四十女が、ではお別れ、という顔をした時に、彼は言ってくれた。

「この方はお連れになりたいとおっしゃるんだよ」

「それは、それは。旅は道連れ、世は情。私たちのようなつまらない者でも、御退屈しのぎにはなりますよ。まあ上ってお休みなさいまし」と無造作に答えた。

(『伊豆の踊子』)

湯ヶ野への道中で「私」と男とは絶えず話し続けてすっかり親しくなったという。

旅芸人たちに近づくという第一目標を達成した「私」だが、この旅の目的からして、このまま終わらせるわけにはゆかなかった。狙いは踊子である。荻ノ入(小説では荻乗)や梨本の村落を過ぎて湯ヶ野がもうすぐ目の前に見えかかった頃、「私」は思い切って、下田まで一緒に旅をしたいと男に申し出る。男は大変喜び、湯ヶ野の木賃宿に着いたときに他の者に私の同行を告げてくれた。

こうして「私」は旅芸人たちとの同行に成功したわけであるが、これまでの「私」の一連の行為を冷静に振り返ってみると、現代で言うナンパやストーカー行為とほとんど同じものであったことに気がつく。

「ストーカー規制法」によれば、「ストーカー行為」とは「つきまとい等」を繰り返すことをいい、「つきまとい等」とは、特定の者に対する恋愛感情その他の好意感情又はそれが満たされなかったことに対する怨恨の感情を充足する目的で、その特定の者又はその家族などに対して行う行為が該当するとされている。

少々難しい表現であるが、これまでの「私」の旅芸人たちに対する行為をこれに当てはめてみると、つきまとい、待ち伏せ、監視、押しかけ、交際の要求等々が、特定の者に対する好意感情を満たす目的で為される「つきまとい等」の行為に見事に該当するのである。

当時はこのような考え方や法律がなかったとはいえ、旅芸人に執拗につきまとうという「私」の行為は明らかな迷惑行為であることは間違いない。変質者といわれても仕方のない行為なのだが、それがこの小説になると美しい出会いや交流となり、誰もが不思議に思わないのが実に不思議なのである。

それはともかく、何故「私」は、こうしたストーカー行為を平然と実行する事が出来たのだろうか。

そもそも「私」は、こうした申し出自体が学生という権威を背景とした〈交際の強要〉に当たるということに全く思いが至っていない。権力を持つ者がすべからく心すべき事であるが、こうした強引さは「私」のエリート意識に根ざすものであることは間違いないだろう。これは、いわば〈エリート意識による歪み〉とでも言うべきものであり、巷に言われる〈孤児根性による歪み〉とは異なり、それより更に深刻なものと言わざるを得ない。何故ならば〈孤児根性による歪み〉が主に内面に向かうものであるのに対して〈エリート意識による歪み〉は外面に向かって他に害を及ぼすことの方が遥かに多いからである。

小説では、「私」の同行の申し出に対して、「彼は大変喜んだ」とごくごく簡単に書いている。だが、いくら道中で親しくなったとはいえ、身分の違う学生の突然の申し出を男が手放しで喜んだとは常識ではとても考えられない。世慣れた男はあからさまに断ることなく外交辞令で答えたのかもしれない。だが、〈エリート意識による歪み〉のために「私」はそれを忖度することが出来なかったということではないだろうか。

もちろん、ここで相手がはっきり嫌がったり断ったりしていたら、この『伊豆の踊子』の物語は成立しなかった。相手が内心嫌がっていたとしても、ともかく同行を承知したのだから、小説には「彼は大変喜んだ」と書く以外になかったのであろう。

湯ヶ野に着いて四十女が当然のように〈ではお別れ〉という顔をしたとき、男は〈困ったことに?〉「この方はお連れになりたいとおっしゃるんだよ」と「私」の意向を告げる。それを聞くと、四十女は、〈何と物好きなことか〉と言わんばかりに、「旅は道連れ、、」などと芝居がかった冷ややかなお愛想を言う。四十女が「無造作に答えた」と小説に書いてあることから、あまり歓迎されていなかった様子が見て取れるのだが、踊子に取り付くことで頭がいっぱいだった「私」には、そのことに気付いた様子はみられない。

第四章　湯ヶ野

一、何故同宿しなかったのか

― 福田家へ案内される ―

皆と一緒に宿屋の二階へ上って荷物を下した。畳や襖も古びて汚なかった。

…(中略)…

一時間程休んでから、男が私を別の温泉宿へ案内してくれた。それまでは私も芸人達と同じ木賃宿に泊ることとばかり思っていたのだった。私達は街道から石ころ路や石段を一町ばかり下りて、小川のほとりにある共同湯の横の橋を渡った。橋の向うは温泉宿の庭だった。

(『伊豆の踊子』)

湯ヶ野温泉に着いた「私」たちは踊子たちの泊まる木賃宿の二階にひとまず荷物を下ろした。木賃宿というのは、旅人が米などを持参し燃料代(薪代=木賃)を払って宿泊したのでこの名が付いたと言われる。初期の宿はこのようなものが一般的だったようだが、次第に食事付き

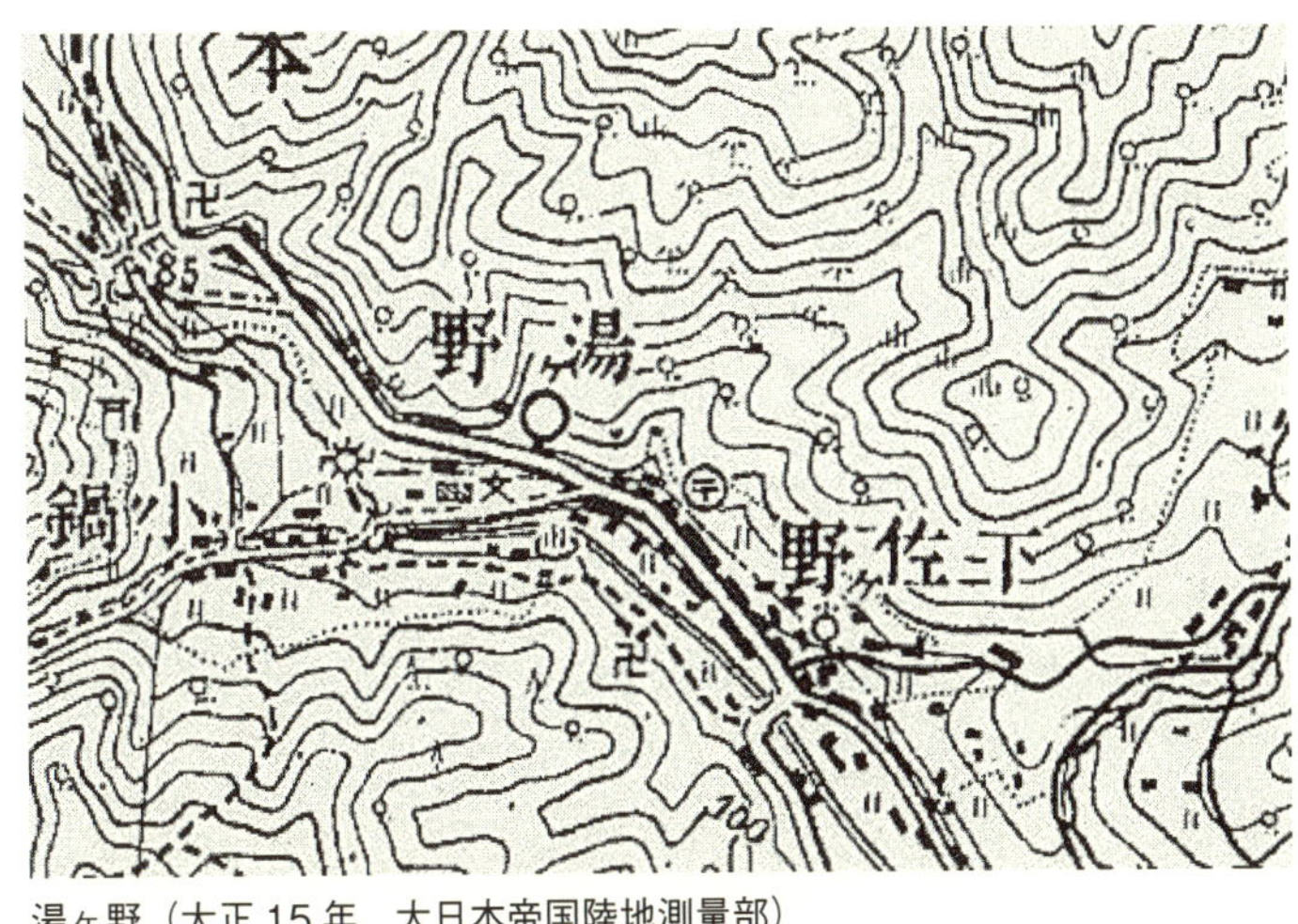

湯ヶ野（大正 15 年、大日本帝国陸地測量部）

の宿が増え、旧来の木賃宿は次第に宿場町の外縁部に追いやられたことから、いつしか最下層の安宿の代名詞になったという。

湯ヶ野の西外れにあったというその木賃宿は、畳や襖も古びて汚なく、私がこれまで宿泊してきた修善寺や湯ヶ島の宿とは比べようもなかった。初めての木賃宿にはさすがに不安がよぎったことだろう。

踊子が下からお茶を運んできたが、「私」の前に座ると、真紅になりながら手をぶるぶる震わせお茶をこぼしてしまう。余りにひどいはにかみように「私」はあっけにとられる。踊子にとって「私」は雲の上のようなあこがれの存在なのであった。

そのうちに突然四十女が、「書生さんの紺飛白はほんとにいいねえ」と着物の話をする。国に学校行きの子供を残してあるのだという。学校と聞いて

「私」は俄然「どこの学校です」と色めく。「尋常五年なんです」という答えに、「私」は〈なあんだ〉とばかり「へえ、尋常五年とはどうも……」と答える。尋常小学校と（旧制）高等学校を一緒にしてくれるなというわけである。「私」は自分の縄張りにはことのほか敏感なのだ。

一時間ほど休んでから、男は「私」の本心を見透かすように別の温泉宿に案内する。同宿するものと思っていた「私」だったが、旅芸人たちの方から同宿を拒否された格好となった。だが、身分の違いをしっかりと意識していた「私」だから、男の申し出にあえて抵抗した様子は見られない。それどころか、当然のようにそれを受け入れ、「橋の向うは温泉宿の庭だった」ことに満足した様子も感じられる。

旅は道連れとはいっても程度というものがある。今知り合ったばかりで、しかもエリートである学生が旅芸人たちと同じ木賃宿に一緒に泊まるなどということは最初からあり得ないことだったのである。

「私」が案内された先は福田家だった。

湯ヶ野温泉へは、国道四百十四号を右折して狭い道に入る。程なく右側に福田家駐車場という看板が見つかった。四、五台ほどの未舗装の駐車スペースだったが、駐めてある車はまだ無

福田家

かった。

　私たちは、川に向かって坂道を下り福田家へと向かう。その日は土曜日の午後であったが、界隈はひっそりとしていて他に訪ねる客は見あたらなかった。

　さすがに当時のような石ころ路ではなかったが川に近づくとかなりの急坂の石段になっていた。川の左側には古びた建物が建ち並び中程に共同湯の看板が見えた。

　川には立派な橋が架かっていた。橋の向こうには「伊豆の踊子の宿」と大きく書かれた福田家の看板が見える。紹介記事等で何度も見慣れていたせいか、今日初めて来たような気がしない。想像した通りの風景だった。

　橋を渡ると、福田家の二階が目の前にぐんぐん迫ってくる。どうやらそこが「私」の泊まった部屋らしい。対岸に着いて橋を左に下りるとそこはもう福田家の庭になっていた。庭の中の細い道の先が玄関らしい。途中に小さな踊子の像が建っていた。

案内を請うと女将が快く対応してくれた。ロビーには伊豆の踊子に関する写真や原稿、書など様々な展示物があり、さすがに「伊豆の踊子の宿」というだけのことはある。


最初に、「私」が泊まったという二階の部屋に案内してもらう。湯ヶ島の湯本館に似た造りだが、こちらは、八畳間の二間続きと広い。川に面した側が「私」の泊まった部屋だという。そこは木賃宿の比ではない立派な部屋だった。

小説では、隣室との間の襖を四角に切り抜いたところに鴨居から電灯が下がっていたというのだが、勿論今はそんな照明ではない。

部屋からの眺めは素晴らしかった。今渡ってきた福田家に通じる橋がすぐ手に届くほど目の前に迫っている。真下には玄関に通じる通路が直ぐ近くにあった。

対岸に目をやると、橋の右手の河原に、かつて共同湯があったという場所が見えた。左手上方には、踊子たちの泊まった木賃宿や宴席に呼ばれて行った料理屋の跡地だという場所もよく見えた。ここに居ると全てが見渡せるのである。

「私」が泊まったという部屋

部屋からの眺め

室内に目を戻すと、奥の部屋の隅に碁盤が置いてあるのに気がついた。そうだ、この部屋で踊子と額を寄せながら碁を打ったのだ。勿論当時のものではないだろうが、やはり、この部屋には碁盤がなければならないのだ。

二、金を投げ与える理由

― 男も旅芸人だった ―

男が帰りがけに、庭から私を見上げて挨拶をした。
「これで柿でもおあがりなさい。二階から失礼」と言って、私は金包みを投げた。男は断わって行き過ぎようとしたが、庭に紙包みが落ちたままなので、引き返してそれを拾うと、
「こんなことをなさっちゃいけません」と抛り上げた。それが藁屋根の上に落ちた。私がもう一度投げると、男は持って帰った。

（『伊豆の踊子』）

福田家に案内された「私」は、そこで内湯につかり昼飯を食べた。そして男が帰るとき、こ

の牧歌的と思われる物語には似つかない衝撃的な場面が登場する。なんと二十歳そこそこの学生である「私」が、帰りがけに庭から見上げて挨拶する男に、部屋の窓から金包みを投げ与えたのである。

時代が違うとはいえ、普通の人間同士の付き合いで相手に金を投げ与えるというようなことは絶対にあり得ないことである。だがここではこうした行為が平然となされ、ごく当たり前のように記述されている。「私」がこのような行動に出た理由とは一体何だったのであろうか。

小説では、「私」が温泉宿の内湯につかっていると、後から男がはいって来たことになっている。

この状況は何となくおかしくないだろうか。ここは共同浴場ではないのだ。更にこの表現、「私」の意思とは無関係に男が勝手に入り込んできたのだという弁明ともとれる微妙な意味合いも感じられる。

福田家は男が案内した宿だし、商売上でも過去に何度か出入りしていたであろうから男はこの宿の者と顔見知りだったと思われる。この当時、泊まり客以外の者でも宿の内湯を比較的自由に利用できたというのだが、客が風呂に入っているところに男がずかずかと割り込んでゆくことは普通では考えられない。案内した後は木賃宿に帰るというのがもっとも自然であろう。

また、「湯から上ると私は直ぐに昼飯を食べた」という文章の後に「男が帰りがけに、庭から私を見上げて挨拶をした」と書かれている。文脈から見て、男が帰ったのは「私」が昼飯を食べた後と思われる。するとその間、男は「私」が食事をするのを黙って見ていたことになるのだが、、。

いや、そうではあるまい。一緒に昼飯を食べたと考えるのが自然である。とすれば当然入浴前に宿の者に食事を準備させなければならない。

こう考えてくると、入浴や食事を共にしたのは、「私」が男を誘ったからだと考えなければ説明がつかない。「私」は、今後のお付き合いをよろしくという意味で、〈風呂に入って汗を流し、昼飯を一緒に食べよう〉と男に持ちかけたというのが真相ではないだろうか。

小説ではそんな「私」の作為を知られたくないためにこうした経緯が故意に省略されているのだろう。

「私」がいきなり旅芸人の男を風呂に誘って飯を出したのは何故だろうか。

実は、「私」はこの男を誤解していたのだった。天城峠の山道で男と知り合って以来、「私」は男が長岡温泉の印半纏（しるしばんてん）を着ていたので長岡の人間だと思っていた。そして、顔付も話し振りも相当知識的だったため、物好きか芸人の娘に惚れたかで、荷物を持ってやりながらついて来ているのだと想像していた。

つまり、「私」はこの男を旅芸人とは一線を画す普通の階級の人間だと思っていたわけである。だから、福田家に案内されたとき、これからよろしくという意味で、「あちら側」の踊子たちはさておいて「こちら側」と思われる男に、一緒に風呂に入って飯を食うことを持ちかけたのである。その行為を正直に小説に記さなかったのは、こうした取り入り方がさすがに卑屈だと感じたからなのだろう。

ところが、風呂の中で男が語った身の上話によって、男が踊子たちと同じ「旅芸人」であることを知った。〈何だそうだったのか〉、「私」は思惑が外れて落胆した。と同時に、その瞬間から、それまでの対等の「好意」から下の者に対する「施し」に躊躇（ちゅうちょ）無く切り替えたのだった。旅芸人との付き合い方に慣れていなかった「私」は、男の帰り際、〈芸人には金を与えるものだ〉という定番の行動様式を思い浮かべた。階下へ向かう男の背中を追いながら急いで金を包む。そして、下から挨拶する男に、

「これで柿でもおあがりなさい。二階から失礼」と金包みを投げ与えたのである。

男は「私」の意外な行為に驚いたであろう。如何に自分が旅芸人とはいえ、相手は今まで旅の道づれとして親しく話していた人間だ。つい先ほどまで対等の関係として食事までご馳走し

福田家の榧風呂

対岸の共同湯

てくれた。ところが、帰りがけにいきなりこのような扱い。芸の対価でもないのに、これは一体どうしたことなのか。男にはまだ芸人としてのプライドがあった。男はむっとして行き過ぎようとした。

だが、金包みが落ちたままなので引き返してそれを拾い、たしなめの気持ちを込めて、「こんなことをなさっちゃいけません」と投げ返す。

しかし、鈍感な「私」は男のそんな気持ちなど少しも分かろうとしない。逆に、この言葉を遠慮と受け止めたのか「私」は再度男へ投げ返す。「私」の意志を知った男は、無駄な抵抗であることを悟り、結局、黙って持って帰らざるを得なかった。

芸人に金を投げ与えること自体は、現在でも多々行われていることであり、とりたてて非難されるべきことではない。

だが、金を投げ与えるにはそれなりの理由が無ければならない。何の理由もないのに金を投げ与えるのは物乞いと同じ扱いになってしまう。男が旅芸人であることを知った「私」は、そんなことには全く無頓着で、相手が旅芸人ならば金を与えれば喜んで貰(もら)えるものと単純に考えたのである。

小説の「私」は、その行為を少しも悪いこととは思っていない。むしろ、旅芸人と知ってからも、飯を振る舞ったり、帰りがけにはこんな気遣いまでしてやったのだという「私」の大物ぶりを自慢げに書いているようにみえる。

当時、旅芸人は物乞いと同等に扱われ、社会の最下層の人間と考えられていたから、相手がそういう人間であればあるほど、そんな人間にまで優しく気配りする「私」の行為は一層輝いてくるのである。

それにしても、この二十歳そこそこの「私」の豹変ぶりと尊大な態度にはただただ恐れ入るばかりである。「私」のエリート意識も相当なものだったようだ。

三、何故、「もう」なのか
―共同湯の踊子を見た場所―

翌る朝の九時過ぎに、もう男が私の宿に訪ねて来た。起きたばかりの私は彼を誘って湯に行った。

…（中略）…

「向うのお湯にあいつらが来ています。――ほれ、こちらを見つけたと見えて笑っていやがる」

…（中略）…

仄暗い湯殿の奥から、突然裸の女が走り出して来たかと思うと、脱衣場の突鼻に川岸へ飛び下りそうな恰好で立ち、両手を一ぱいに伸して何か叫んでいる。手拭もない真裸だ。それが踊子だった。

（『伊豆の踊子』）

「私」が滞在したという部屋を見た後は、当然のように「では風呂へ！」ということになった。といっても風呂に入るわけではない。湯本館の梯子段のように、福田家といえば何といっても榧風呂が有名だからである。

小説では、「翌る朝の九時過ぎに、もう男が私の宿に訪ねて来た」と書いている。普通ならここに「もう」は必要のないところだ。何故ここに「もう」が入っているのだろうか。

この場合は、〈こんなに早くに、、、〉といった感じであろうが、この訪問は男が勝手に押しかけてきたのではあるまい。男がやってきたのは、「私」が遊びに来るようにと誘ったためであろう。昨日「私」は男に対して、はっきりと旅芸人としての扱いをしたのだが、そんなことは気に留める様子も見せず、「私」の意向を忠実に守って、今日、こうして「私」の宿を訪ねてきた。〈もうやって来たのか、しょうがないな〉と思いつつも決して嫌がっているような感じではない。

小説では、男が早朝からやってきたので「私」は男を誘って一緒にこの榧風呂に入る。二人で湯に浸かっていると、男から、川向こうの共同湯に踊子たちが来ていてこちらを見つけて笑っていると知らされる。その方向に目をやると、あろうことか突然、湯殿の奥から全裸の踊子が出てきてこちらに向かって手を振る。それを見て「私」は踊子がほんの子供に過ぎなかったことを知る。

福田家の榧風呂はこんな場面の舞台となった風呂なのである。

その風呂は一階の帳場のすぐ目の前にあった。

扉を開けて中を覗いてみると、驚いたことに、四角のその湯船は遙かに見下ろす仄暗い底のような場所にあったのである。一階の床面から階段がついており、湯船まではざっと四～五メートルも下であろうか。宿の説明では地下ということであった。

小説ではこの「榧風呂」から共同湯の方を見たとされているのだが、川に向かった窓は湯船から三メートルくらい高い所にあり、そこから外を覗くことはとうてい出来ないだろうと思われた。男と二人で風呂に入りながら対岸の共同湯を見たという小説の場面は完全に創作のようである。

先ほど案内された「私」が滞在していた二階の部屋からは、共同湯がよく見えていたことが思い出される。

「向うのお湯にあいつらが来ています。——ほれ、こちらを見つけたと見えて笑っていやがる」

風呂の中で男が言ったというこの台詞（せりふ）は、「私」の部屋から共同湯を見たという状況が最もふさわしいようだった。と同時に「もう」の意味が理解できたように思えた。

実際は「私」の部屋から共同湯の踊子を見たのであろうが、小説としてはそれでは困るのだ。早朝から〈もう〉男に訪ねてこられて、仕方なく一緒に入った風呂で、しかも男が先に発見してそれを「私」に示すのでなければならなかった。

この小説の重要な場面がことごとくそうであったように、ここでも「私」はあくまで受け身であり、偶然の出来事でなければならなかったのである。

四、踊子は真裸で飛び出したのか

― 虚構だった共同湯の出来事 ―

若桐（わかぎり）のように足のよく伸びた白い裸身を眺めて、私は心に清水を感じ、ほうっと深い息を吐いてから、ことこと笑った。子供なんだ。私達を見つけた喜びで真裸のまま日の光の中に飛び出し、爪先きで背一ぱいに伸び上る程に子供なんだ。私は朗らかな喜びでことことと笑い続けた。頭が拭われたように澄んで来た。微笑がいつまでもとまらなかった。

踊子の髪が豊か過ぎるので、十七八に見えていたのだ。その上娘盛りのように装わせてあるので、私はとんでもない思い違いをしていたのだ。

（『伊豆の踊子』）

小説の「私」は、踊子が突然湯船から飛び出して全裸でこちらに手を振ったことにより、とんでもない思い違いに気がついたという。一体何がとんでもない思い違いだったのだろうか。

そもそも、「私」の踊子への執着は湯川橋から始まり湯ケ島での綿密な計画を経て峠の茶屋での出会いに成功する。茶屋で初めて間近に見た踊子は大きく髪を結った歴史絵巻の中の娘のような感じだった。その豊かな黒髪や、「私」に座布団を勧めたり、たばこ盆を引き寄せてくれたりと何かと手慣れた様子などから十七くらいに見えた。茶屋の婆さんの話しによると、彼女等は宿の当てなど無く、客があればどこにでも泊まる連中だという。それを聞いた「私」は、今夜は踊子を部屋に呼んで、、、と想像をたくましくしていた。

　ところが、湯ヶ野の木賃宿の二階で休憩したとき、下からお茶を運んできた踊子は、「私」の前で緊張し、真っ赤になって手をぶるぶる震わせ茶碗をひっくり返してしまった。それを見て四十女は「まあ！　厭らしい。この子は色気づいたんだよ。あれあれ……」と眉をひそめる。「私」はこの意外な言葉で、自分の思っていたことが的外れであったことを知り、それまで「私」を煽り立てていた踊子に対する空想がぽきんと折れるのを感じた。

　そのとき、踊子に対する認識を一変させたはずの「私」だったが、昨夜の彼等の座敷の様子を眺めて、なおも踊子の今夜が汚れるのではないかとの煩悶で眠れなかった。

　そこで、「私」は、早朝からやってきた男を風呂に誘い昨夜の出来事の探りを入れる。

　だが、昨夜の様子は容易につかめず沈黙の時が流れたとき、「私」の前に突然、裸の踊子が飛び出してきたのだった。「私」はそれを見て、踊子が十七八の娘盛りなどではなく全くの子供だったことを知るというわけである。

この共同湯の出来事は小説『伊豆の踊子』の中でも特に際立った場面となっている。

だが、あまりにも想像を超えた劇的な展開だから、本当に踊子は真裸で「私」たちの前に飛び出して来たのだろうかと疑ってしまう。というのも、私たちが小説の中でここまでに知り得た踊子像と真裸で飛び出してくる踊子像の間に明らかな差異が見られるからである。

小説の中で最初に出てくる踊子は、峠道での「私」との会話でどぎまぎし、冬でも泳げるのかという「私」の問いに赤くなったりする。次に出てくる踊子は、湯ヶ野の木賃宿で「私」の前で緊張してお茶をこぼし四十女に色気づいたと冷やかされる。この二つの場面からは踊子が明らかに「私」を男として意識している様子が見てとれる。

そんな〈色気づいた〉踊子であれば全くの子供などではない。冷静に考えれば、「私」たちの前にいきなり真裸で飛び出してくるなどということはあり得るはずがないのである。

この場面を無視すれば〈色気づいて私に気のある娘〉というこの小説の踊子像はこの後も一貫してブレてはいない。明らかにこの場面だけが突出して前後と矛盾している。

小説だから何が起こっても良いとはいえ、あまりにも極端な踊子像のブレに作りものの匂いを感じてしまうのである。

素直な踊子像のままならば何でもなかったものを、劇的な場面の挿入を優先させたために、ここからの「私」の踊子像は実態とかけ離れた〈子供〉とせざるを得なくなってしまった。本来ならば、「私」がとんでもない思い違いをしていたという意味は、〈一人前の大人〉だと思っていた踊子が意外にも〈色気づき初めた〉初な娘だったと理解するのが普通である。「私」の空想がぽきんと折れたのはこのためだった。

それなのに、小説の「私」は、〈色気づいて「私」に気のある〉踊子の実態を全く無視して一気に〈子供なんだ〉と決めつけてしまう。つまりとんでもない思い違いの内容がとんでもないものになってしまっているのである。

〈小説は事実よりも奇なり〉と言うべきか。

五、踊子によって心がときほぐされたのか

― 踊子中心主義への疑問 ―

二十歳の旧制高校生である主人公が孤独に悩み、伊豆へのひとり旅に出かけるが、途中

旅芸人の一団と出会い、一行中の踊子に心を惹かれてゆく。人生の汚濁から逃れようとする青春の潔癖な感傷は、清純無垢な踊子への想いをつのらせ、孤児根性で歪んだ主人公の心をあたたかくときほぐしてゆく。

（新潮文庫）

主人公の二十歳になる旧制高校生は孤独な心を抱いて、伊豆へ一人旅に出る。そこで旅芸人の一行に出会い、十四歳の薫という踊り子に惹かれる。踊り子の若さと清純さが主人公の歪んだ心をいつしかあたたかくときほぐしていく過程に、青春の感傷と慕情が融けあった美しい抒情（じょじょう）が漂う作品である。

（角川文庫）

私の手元にある『伊豆の踊子』の文庫本には右のような紹介文が載っている。

両社ともほとんど同じ内容の難解な文章だ。文学的な解釈では『伊豆の踊子』とはこういう物語なのだということになっているのである。共通しているのは、清純無垢な踊子によって「私」の孤児根性で歪んだ心があたたかくときほぐされてゆくということだ。

恐らく「清純無垢な」という踊子のイメージは共同湯の場面が大きな影響を与えているものと思われる。その意味で共同湯の虚構を挿入した効果はとてつもなく大きい。

実際には踊子は全くの子供などではなかった。娘盛りでこそなかったものの花も恥じらう〈色気づき初めた〉娘だった。にもかかわらず、共同湯の場面ではっきりと〈子供なんだ〉と述べられたことによって、清純さのイメージと引き替えに小説上の踊子はこの時点で「私」の興味の対象から完全に消え去ってしまったわけである。

ところが一般には、紹介文に見られるように踊子の清純さを知ったことでここから次第に踊子への想いをつのらせ、踊子によって徐々に心がときほぐされてゆくというのだから話は全く逆なのだ。

通説では、この場面で「私」の孤児根性で歪んだ心が清純無垢な踊子によって浄化され癒されるのだという。これもなかなかすんなりとは理解しにくいところだ。

浄化とは言うまでもなく汚れたものがきれいなるということだ。ここで言う汚れたものとは、一義的には踊子に対する色欲をさすのだろう。だから、歪んだ心が浄化されるということは、「私」の色欲で汚れた心がきれいになるということだ。純愛物語に色欲はふさわしくないと考えてのことだろうが、人間だれもが持ち得る欲望を直ちに汚い心と決めつけるのは如何なものであろうか。そんなことを言ったら世の中の男は全て浄化されなければならないことになる。如何にも少女趣味的発想と言わざるを得ない。

清純な踊子を見て「私」が色欲を捨て去ったことはまだ理解できるにしても、問題なのは、浄化の対象を「孤児根性で歪んだ心」にまで拡大していることだ。そうなると孤児根性とは浄化されるべき汚いものということになるのだが、これはどう考えても行き過ぎだろう。

〈全てが踊子によって、、、〉という解釈となってしまうのは、続編に出てくる「私」の〈大感激〉と〈孤児根性告白〉が踊子の「いい人ね」発言によってもたらされたとされているためだと思われる。

しかし、こうした踊子だけに焦点を当てた解釈は木を見て森を見ないことにならないだろうか。本当に踊子によって癒しや浄化がもたらされ「私」の大感激に至ったのかどうかはきちんと検証されなければならないと思う。

六、男は何故夕方まで座り込むのか

―― 失速の後に ――

夜、紙類を卸して廻る行商人と碁を打っていると、宿の庭に突然太鼓の音が聞えた。私は立ち上ろうとした。

「流しが来ました」

「ううん、つまらない、あんなもの。さ、さ、あなたの手ですよ。私はここへ打ちました」

と、碁盤を突つきながら紙屋は勝負に夢中だった。私はそわそわしているうちに芸人達はもう帰り路らしく、男が庭から、

「今晩は」と声を掛けた。

私は廊下に出て手招きした。芸人達は庭で一寸（ちょっと）囁き合ってから玄関へ廻った。男の後から娘が三人順々に、

「今晩は」と、廊下に手を突いて芸者のようにお辞儀をした。碁盤の上では急に私の負色が見え出した。

（『伊豆の踊子』）

人間は目標に向かって努力しているときが最も充実しているものである。

「私」の計画は湯ヶ島で綿密に練られ、追尾行は周到に実行された。計画は寸分違（たが）わず成功し、

踊子たちとの同行にこぎつけた。

ところが、所期の目論見(もくろみ)は、この共同湯の事件で完全に崩壊した。「私」がこれまでに費やしてきた膨大な努力が無駄になってしまったのだ。「私」は今回の踊子追尾行の意外な結末に自嘲を込めて苦笑いするしかなかった。「私」の心情からすれば、踊子を目標にしてきた伊豆の旅はここで終わったのである。

失速状態となった「私」は何するともなくその日一日を部屋で過ごしたようだ。風呂上がりに、娘たちが「私」の宿に遊びに来かけたが四十女に止められて戻ってしまった。男の方はそのまま夕方まで「私」の部屋に居続けた。

小説では、「男はとうとう夕方まで坐り込んでいた」と男が勝手に居座ったように書いてある。行きがかり上、男への態度を急に変えるわけにも行かず、仕方無く付き合って昼飯なども振舞ったのであろうか。

だが、よく考えてみるとそうとも言えないようなのだ。

同じような表現が以前にもあったことを思い出す。今朝の、「もう男が私の宿に訪ねて来た」という表現だ。昨日福田家に着いたときの「そこの内湯につかっていると、後から男がはいって来た」という表現もそうだ。全て「私」が受け身の形で書かれているのだが実際は「私」が仕掛けている。だからこの場合も、「私」がそれを積極的に望んだからだと考えるのが妥当であろう。

そもそも、「私」の意志に反して旅芸人の男が夕方まで勝手に居座り続けるなどということはあり得えないのだ。男に関する一連の書きぶりは、そんな「私」の気持ちを知られたくないための逆表現だと思われる。

踊子への興味を失うのに伴って男との関係が妖しさを増してくる。

その夜、紙類を卸して廻る行商人と碁を打っていると、宿の庭に突然太鼓の音がした。旅芸人たちが流してきたらしい。つい先ほどまでこの部屋にいたというのに、男がやって来たことを知ると「私」は立ち上がりたくて急にそわそわしだす。

男に庭から「今晩は」と声をかけられると、渡りに舟とばかりに廊下に飛び出て旅芸人たちを手招きした。この手招きは極めて重大な意味を持つ。彼等はまさに商売の途中なのである。「私」が手招きすると言うことは、当然、彼等を客として呼ぶことになるのだ。

芸人たちは、この誘いがお座敷なのかどうか迷ったのであろう。他に決まった座敷もなかったらしく、彼等は庭で一寸囁きあってから再び玄関に回り、「私」の部屋にやってきた。男の後ろから娘が三人順々に「今晩は」と廊下に手を突いて芸者のようにお辞儀をして入ってきた。客として芸人を呼ぶ「私」の得意はいかばかりだったたであろうか。

〈今夜はもう他に廻るな〉という「私」の暗黙の意向に従い、芸人たちは五目並べなどをしながら夜中の十二時過ぎまで「私」のお座敷で遊んで行く。小説では伏せられているが、「私」は対価としての花代をふんだんに与えたに違いない。

小説では、

踊子が帰った後は、とても眠れそうもなく頭が冴え冴えしているので、私は廊下に出て呼んでみた。

「紙屋さん、紙屋さん」

「よう……」と、六十近い爺さんが部屋から飛び出し、勇み立って言った。

「今夜は徹夜ですぞ。打ち明すんですぞ」

私もまた非常に好戦的な気持だった。

と書かれている。

それはそうだろう、二十歳の若者が旅の空で、旅芸人を丸抱えで自室に引き入れて遊んだのだから、大いに自尊心をくすぐられさぞや良い気持ちになったことであろう。

しかし、「踊子が帰った後は」とここに突然踊子を持ち出すことには〈あれれっ〉という感じを受ける。「芸人たちが帰った後は」というのなら何でもないのだが、何故今更ここに踊子が出てくるのだろうか。

共同湯事件での「私」の認識変更さえ無ければ、「私」に気のある〈色気づき初めた〉娘を意識し続けていたというのもすんなりと理解できるのだが、踊子のことははっきりと気持ちの整理が着いて〈一件落着〉しているはずなのである。小説にもこのお座敷で特に踊子を気にかけていた様子はみられない。

にもかかわらず突然ここに踊子を持ち出したのは踊子にかこつけて男への興味や芸人遊びの興奮をすり替えようとしたのだろうか。


彼等は「私」のお座敷で過分な恩恵を受け「私」も大満足した。

もうこれで十分だった。

明日は約束の下田行きの日だ。下田は彼等の故郷のようなところだから、旅芸人たちとの付き合いも実質今夜で終わった、と「私」は考えていたはずだ。

七、約束は本当にあったのか

ア、服従する芸人たち

― 鳥打帽の意味 ―

その次の朝八時が湯ヶ野出立の約束だった。私は共同湯の横で買った鳥打帽をかぶり、高等学校の制帽をカバンの奥に押し込んでしまって、街道沿いの木賃宿へ行った。

（『伊豆の踊子』）

翌日の朝八時が湯ヶ野出立の約束だった。

「私」はエリートの象徴である高等学校の制帽をカバンの中に押し込め、共同湯の横で買った鳥打帽をかぶって踊子たちの泊まっている木賃宿に向かった。

小説は、例によって淡々と記述されているので読み流してしまいがちだが、「私」は決して気まぐれに帽子を替えたのではない。学生である「私」が商人用の帽子を被るのにはそれなりの理由があった。

ちなみに、鳥打帽とは、十九世紀半ば頃からイギリスの上流階級で用いられるようになった狩猟用の帽子のことで、日本では明治半ば頃から商人がかぶるようになったため、当時は商人の象徴とされていたものである。


何故ここで鳥打帽なのかを考えるに際して、人は他人の何に服従するのかを考えてみたい。まず最初に思い浮かぶのは「お金」であろう。次は「権威」・「権力」。そして、「お金」や「権力」が無い場合は「人間性」といったところであろうか。

「私」は、最初に旅芸人と知り合ったとき、高等学校の出で立ちや制帽を最大限に利用してその「権威」・「権力」を彼等の前に存分にひけらかした。その威力は絶大だった。思った通り、彼等は「権威」の前にひれ伏し「私」はその効果に満足した。

次は「お金」である。男が旅芸人と知った途端、「私」は気持ちよさそうに二階から「お金」を投げ与えている。そして昨夜は芸人たちを堂々と「お金」の力で自分の部屋に招き入れた。「お金」の前に芸人たちは「私」にひれ伏し、その威力と快感に「私」は興奮した。


そしていよいよ今日は下田へ出立する日だ。

昨夜は「私」のお座敷に呼んでやって十分な報酬も与えた。「権威」と「金」によって彼等との主従関係は既に出来上がっていたと「私」は考えていた。踊子への執着も消え、旅芸人たちに対して、もう「お金」や「権威」を見せつけて彼等を服従させる必要は無い。あとは単に下田まで同行し別れるだけである。そんな旅ならば、「権威」の象徴である制帽をこれ見よがしに被る必要はない。これから街場に近づけば旅人も増えるだろう。そんなところで人目を引きやすい「学生」と「旅芸人」という組み合わせは出来れば避けた方がよい。こうした判断から、「私」は鳥打帽を被ることにしたのであろう。

ところが、この後、予期せぬ出来事が起こる。出立の約束に従って朝八時に木賃宿を訪ねると、「私」に絶対服従すると考えていた旅芸人たちが平然と「私」との約束を破ったのである。

イ、約束を破った芸人たち

― 約束の中味 ―

「大変すみませんのですよ。今日立つつもりでしたけれど、今晩お座敷がありそうでございますから、私達は一日延ばしてみることにいたしました。どうしても今日お立ちになるなら、また下田でお目にかかりますわ。私達は甲州屋という宿屋にきめて居りますから、直ぐお分りになります」と四十女が寝床から半ば起き上って言った。

（『伊豆の踊子』）

湯ヶ野出立の約束に従って、「私」が木賃宿に行ってみると、二階の戸障子がすっかり明け放たれていた。もう起きて出立の準備が出来ているものと思い、なんの気なしに二階に上がってゆくと、驚いたことに、芸人たちはまだ床の中にいるではないか。面食らった「私」が廊下に突っ立ったままでいると、四十女が寝床から半ば起き上がったまま、今日も湯ヶ野に留まると言う。

約束を反故にした上、行くなら行けと言わんばかりの一方的な言い様に、昨日まであれ程面倒を見てやったのに、、、という思いがよぎった。突っ放されたように感じて愕然とする「私」に、約束の当事者であるはずの男までもが、道連れのあるほうがいいから明日にしましょうと他人事みたいな助け船を出す。

実際の「私」はここで怒り心頭に発したことであろう。だが、四十女の再度の懇願もあって、辛うじて面目を保った形になり、出立の延期に同意せざるを得なかった。「私」には、ここで憤然と出立するという選択もあった。だが、まだ旅芸人たちへの興味もあった。それに「私」には差し迫った予定もなかった。

この顛末、「私」からすれば、旅芸人たちが一方的に出立の約束を破ったということになるのだが、いくつかの疑問点もある。

そもそも、今晩お座敷がありそうだ、という情報は何時芸人たちにもたらされたのだろうか。昨日、男は夕方まで「私」の部屋にいた。そして、一旦木賃宿に戻った後、夜になって「私」の宿に流してきた。もし、そのときまでに明日のお座敷情報が入っていたとすれば、その夜芸人たちは夜半過ぎまで「私」の部屋にいたわけだから、当然、明日の出立の延期のことを「私」に伝えるはずである。そうしなかったということは、木賃宿に戻ってからの情報ということになる。恐らくそれは留守番をしていたおふくろへの情報であっただろう。その場合、そのままにしておけば「私」が予定通り明日やってくることは明らかだから、男が帰ってからそのことを知ったのであれば、その夜のうちに「私」に連絡を入れるなどの対応をするはずである。判断に迷って夜中になったのなら、翌日早朝に宿へ断りに来るとか、いくつかの手段はあったであろう。

ところが、芸人たちはそれには全く無頓着で、「私」を無視するかのように平然と寝床にいた。

対岸のやや上にあったという木賃宿跡

こうした「私」を無視する男の態度は、この小説でこれまで描かれてきたような「私」に忠実な男のイメージとは大きくかけ離れている。何故男は「私」への連絡行動をとらなかったのか、と言うことがこの事件の最大のポイントなのである。

果たして、出立の約束はあったのであろうか。「私」が木賃宿を訪ねたとき、四十女が、今日発つつもりだったが一日延ばしてみることにした、と確かに言っていることからみて、少なくとも今日発つことについては、両者の間に何らかの了解はあったようだ。

作者が湯ヶ野から大阪の川端松太郎氏に宛てた葉書が残っている。

二日付けのその葉書には、ここに二泊する予定であると書いてある。二日というと天城峠を越えて湯ヶ野に到着した日だから、このはがきを書いたのは昼飯を食べて男が帰った後のことと思われる。このときに二泊すると明確に書いているということは、先ほどまでいた男からの情報として、旅芸人たちは、明日一日湯ヶ野に滞在、明後日の八時頃に下田へ向う、という内容の会話が交わされたのだろうと考えられる。

同行することに合意したとはいえ、行きずりの者同士である。互いの今後の行動についての拘束などありはしない。男としては、学生にも都合があるだろうから、〈私たちは一応こんな予定なのだが、これでよかったらどうぞ〉という情報提供といった程度の感覚で話したというのが妥当なところであろう。

二日天城峠を越えて湯ヶ野に参りました。天城の峠路は実によいところです。此所で二泊ほどして下田の方へ参ります。毎日当てもない呑気極まる旅を続けてゐると、身も心も清々と洗はれるやうです。東京へ帰るのが厭になります。

十一月二日

川端松太郎氏に宛てた葉書より

男にとっては、学生の同行の申し出は了としたものの、あくまでも学生の方が勝手についてくるのであって、生活のために商売をしている自分等の行動が学生によって縛られるなどという感覚は全く無かったに違いない。

しかし、こうした経験のない「私」は、〈いやしくも高等学校の学生であるこの私との約束なのだから、、〉と厳格に受け止めていたのであろう。

こうした約束の一方的な解釈も「私」の〈エリート意識による歪み〉に原因があることは間違いない。普通なら約束でも何でもないことを固い約束と思いこんでしまうのもストーカーの特徴の一つなのである。

八、違約の顛末は何故書かれていないのか

―　書けなかった新たな目標　―

皆が起きて来るのを待ちながら、汚い帳場で宿の者と話していると、男が散歩に誘った。（『伊豆の踊子』）

木賃宿が汚なかったことは湯ヶ野の初日の記述中にも出てくるが、ここでも、また、汚いという直裁的な表現が用いられている。「私」は、芸人たちに約束を破られ、こんな所で待たなければならないことがひどく惨めだった。そんな気持ちで辺りを眺めていると、自分が二泊した

福田家に比べて汚なさが余計に目に付いたのであろう。

「私」は芸人たちが起きてくるのを待ちながら、その汚い帳場で宿の者と話す。女たちは支度にまだ時間がかかるのであろう。二階から先に下りてきた男は「私」を散歩に誘った。「私」は、男が何らかの謝罪や弁明をするつもりなのだろうと期待した。

あのとき、確かに今日の出立を約束したはずなのに、何故、旅芸人たちは平気で寝ていたのか、何故、出立延期の連絡さえくれなかったのか。「私」が最も気にかけていたことであり、「私」ならずとも、読者としても真相が知りたいと思うところである。

ところが、小説では、この約束に関する真相に一言も触れられないまま男の身の上話に入ってしまうのだ。これは一体どういうことなのであろうか。

仮に、期待通りに男がここで明確に謝罪していたとしたら、、、。例えば、お座敷のことは夜中におふくろから知らされ、「私」へは早朝連絡に来るつもりだった。ところが、つい寝坊してしまった。約束のことは十分承知していた。といった単純な内容であったなら「私」は一応納得し、一件落着となったはずである。そして、そのことは必ず小説に書かれたはずである。

何故ならば、男の謝罪を「私」はエリートの風格をもって許し男はその度量の大きさに感激する、といった構図は「私」の格好の宣伝材料になったからである。
だが、ことはそう単純ではなかった。男から形式的な謝罪の言葉はあったものの、肝心の約束のことについては思うような弁明が得られなかったと思われる。どうやら男は今日の出立のことを「私」との約束とは考えていなかったようなのである。
だとすればこの違約騒動は完全に「私」の勝手な思いこみが原因ということになり、「私」の面子は丸つぶれになってしまう。だから、「私」はこれ以降、このことについては沈黙せざるを得なかった。小説に記載がないのは、例によって、不都合な真実は省略するに限る、なのである。

もっとも、「私」は、男が約束の存在を認め謝罪したからといって、それを簡単に不問にしたかどうかは疑わしい。約束のことは「私」の過剰な思い入れにも原因があるかも知れない。だが、そんなことは今となってはどうでもよかった。何よりもエリート学生である「私」と旅芸人との根本的な付き合いの形が問題だったのだ。「私」にとって旅芸人はすべからく「私」を敬い、従う存在でなければならなかったのだ。

この違約騒動、同行に対する互いの感覚の違いが生んだ齟齬（そご）だったであろうが、芸人たちが約束を守らず、「私」がそれに従う形になったことは「私」の自尊心を酷く傷つけた。それは、この旅で「私」が味わう最初の屈辱であった。芸人たちが約束を破ったことは、誇り高き「私」にとってとうてい許されることではなかった。エリートたる「私」を蔑ろにするなどということはあってはならない。この屈辱は何としても雪がれねばならない。

何故、芸人たちは約束を破ったのか。どうしたら芸人たちを完全に「私」に服従させることが出来るのか。芸人たちとの付き合いは昨日で終わっていたはずの「私」だったが、この出来事を契機に、踊子を目標としてきたこれまでとは一転、芸人たちを服従させるという新たな目標が生まれることになった。

九、身の上話は何故三日目なのか

―「私」を慕う旅芸人―

街道を少し南へ行くと綺麗な橋があった。橋の欄干によりかかって、彼はまた身上話を始めた。

…（中略）…

栄吉はひどく感傷的になって泣き出しそうな顔をしながら河瀬を見つめていた。

（『伊豆の踊子』）

小説では、起きてきた男は「私」を散歩に誘い、いきなり二度目の身の上話を始める。男は昔、東京で、ある新派役者の群に暫く加わっていたことがあるという。今でも時々大島の港で芝居をし、お座敷でも芝居の真似をして見せるのだという。そして、「私は身を誤った果てに落ちぶれてしまいましたが、兄が甲府で立派に家の後目を立てていてくれます。だから私はまあいらない体なんです」と語った後、ようやくこの時点で同行の女たちを紹介する。踊子は男の妹で薫という名で十四になるという。そして、「妹にだけはこんなことをさせたくないと思いつめていますが、そこにはまたいろんな事情がありましてね」と、ひどく感傷的になって泣き出しそうな顔をしながら河瀬を見つめる。

このときの会話は明らかに奇異な感じがするだろう。

何故この日、このときに、この会話なのか。すっかり親しくなったはずなのに同行の女たちを今更紹介するのは何故なのか、そして突然、男が自分の身の上を嘆き泣き出しそうになるのは何故なのか。実に不自然で不可解なことである。

このときに交わされる会話には何か意味があるに違いない。それを解く鍵は、この会話が三日目の朝に交わされていることにある。この日は「私」が旅芸人たちに約束を破られた日なのだ。そしてこの日は、この小説の中で旅芸人を含む登場人物が「私」の意のままにならなかった初めての日なのである。


三日目の朝の会話がいやにわざとらしいのは、男の「私」に対する信頼心・忠誠心を改めて読者に示し、「私」の優位性をとりあえず取り戻しておく必要があったためであろう。〈芸人たちは約束を破ったものの、「私」に対する尊敬心、忠誠心は変わっていないのだ。決して「私」を蔑ろにしていたのではないのだ〉というわけである。そう考えると、今更のタイミングのずれた家族紹介はご愛敬としても、この場面で、「私」に対して、ことさらに自分の身の上を嘆じ、感傷的になって泣き出しそうになるという男の行為を記述する意味も十分理解できるだろう。

もちろん、小説に記述されたこうした会話はこのときのものではないはずだ。以前に男との間に交わされた会話の中から断片的に利用したものであろう。

こうして、小説の中の「私」は、約束違反事件についてひとまず取り繕い、男に不幸な身の上話をさせることで溜飲を下げる訳であるが、それにしても、「私は身を誤った果てに落ちぶれてしまいましたが、兄が甲府で立派に家の後目を立てていてくれます。だから私はまあいらない体なんです」とか、「妹にだけはこんなことをさせたくないと思いつめていますが」とか、殊更に自分を卑下する言葉を男に語らせるのは、如何にも芝居がかっているではないか。

旅芸人とはあくまで不幸で不遇な存在でなければならない、旅芸人ならばエリートたる「私」に絶対的に忠実でなければならない、という作者の考えが色濃く反映しているものと考える。

十、何故自賛しなければならないのか

――ついに大島に誘われた「私」――

好奇心もなく、軽蔑も含まない、彼等が旅芸人という種類の人間であることを忘れてしまったような、私の尋常な好意は、彼等の胸にも沁み込んで行くらしかった。私はいつの間にか大島の彼等の家へ行くことにきまってしまっていた。

（『伊豆の踊子』）

これは何とも凄い文章である。

〈旅芸人たちは「私」の偉大なる「人徳」に有り難く感謝しているようだ〉と自ら言うのだから恐れ入る。まるでどこかの国の独裁者を彷彿とさせる言い方だ。

何故、「私」はこんな言い方までして「私」の尋常な好意なるものをアピールしなければならないのだろうか。

もともと十分な「権威」と「お金」を持っていた「私」は、無理に旅芸人たちに好意を示す必要もなければ、それに対して感謝されなければ気が済まないという考えもなかったはずだった。なのに、敢えてこんな言い方までしなければならなくなったのは、違約事件があったからこそのことなのである。

小説では、男との散歩から引き返して「私」が宿に戻っていると芸人たちが遊びにやってくる。もちろん、遊びに来るようにと「私」が誘ったためである。昨日は一日無聊な時間を過ごした「私」だったが、今日は一転華やかな雰囲気になった。

一時間ほど遊んで旅芸人たちは宿の内湯に入る。「私」も一緒に入るようにと女たちにしきりに誘われる。「私」が躊躇していると、直ぐに湯から上がってきた踊子が、肩を流してやるからどうぞ、という姉の言葉を伝える。だが、「私」は湯には行かず、踊子と五目並べをして遊ぶ。おふくろの出現によって女たちは二階に戻ることなく帰って行ったが、男は前日と同様、夕方まで「私」の宿に遊んでいた。そんな男に「私」は相変わらず昼食を振る舞い、純朴で親切らしい宿のおかみさんに、あんな者に御飯を出すのは勿体ないと忠告される。

夜になると今度は「私」の方からあの汚い木賃宿へ出向く。「私」が木賃宿に来てみると、既に男は向かいの料理屋の二階座敷に呼ばれていて、何か唸っているのがこちらから見えた。踊子はおふくろに三味線を習っているところだった。程なく踊子たちも同じ座敷に呼ばれて行き、踊子が座敷で太鼓を打つのが見えた。一時間ほどして男と踊子たちは一緒に帰ってきた。「私」は踊子たちの仕事ぶりや生活に間近に接し、その夜は四方山話でとうとう夜半まで一緒に芸人たちと過ごした。そうしたなかで、「私」はいつの間にか大島の彼等の家へ行くことに決まってしまっていた。

約束を破られた三日目以降の芸人たちとの付き合いは「私」の自尊心を回復する意地のようなものだった。だが一方で、旅芸人たちに対する好意が義務的なものであればあるほど、「私」

の中で、〈こんなにしてやったのだから彼等が良い感情を持たないはずがない〉という思いがますます強くなって行く。なにしろ、昨日までの「私」なら絶対にやらないであろうことを今日はやっているのだから、、、。

この小説の中には随所に不可解な一文が入っている。

「この日も、栄吉は朝から夕方まで私の宿に遊んでいた」という文章は、例によって男の滞在に対する「私」の意向を隠した表現だ。こう書くと男が勝手に居座るのを「私」がおおらかに許したといった印象を与える。自分が引き留めておきながらこんな風に書くのだから誠に勝手なものである。

それに続く「純朴で親切らしい宿のおかみさんが、あんな者に御飯を出すのは勿体ないと言って、私に忠告した」というのも同様である。この文章の意味するところは、〈私が付き合っている男は世間一般から見ればあんなものなのである。私はそんな人間にここまでやっていたのですよ〉と、「私」のサービスぶりを女将の口から語らせ、「私」のいい人ぶりをしっかりとアピールしているのである。

夜、「私」が木賃宿に行くことで旅芸人たちの生活ぶりが明らかになる。

「私」が木賃宿に着くと、既に男は向かいの料理屋の二階座敷に呼ばれていて、何か唸っているのがこちらから見えた。

「あれはなんです」と「私」が聞くと「あれ——謡ですよ」とおふくろがいう。

「謡は変だな」と「私」が首をかしげると、「八百屋だから何をやり出すか分りゃしません」と事も無げに言う。

男は昔、東京で、ある新派役者の群に暫く加わっていたことがあるというのだが、謡は謡といえないほどのお粗末なものだった。

木賃宿の間を借りて鳥屋をしているという男が、御馳走するからと襖を開けて娘たちを呼ぶ。踊子と百合子は箸を持って隣の間へ行く。そこで踊子たちは鳥屋が食べ荒らした後の鳥鍋を平気でつっつくのである。

踊子はおじさんおじさんと言いながら、鳥屋に「水戸黄門漫遊記」を読んでくれと頼む。踊子は字が読めないのだった。鳥屋がすぐに立った後、「私」が続きを読み出すと、踊子は「私」とほとんど額を合わせるほどに近づいて瞬き一つしない。

「私」が身近に接した旅芸人たちの様子はこのようなものだった。

そしてついに、〈こんな連中に、こんなにまでしてやっている〉という意識が嵩じた「私」は、〈芸人たちに感謝されて当然だ〉といわんばかりに、

「好奇心もなく、軽蔑も含まない、彼等が旅芸人という種類の人間であることを忘れてしまったような、私の尋常な好意は、彼等の胸にも沁み込んで行くらしかった」という醜悪な自賛の一文を記述することになる。

彼等の感謝の証拠だとして、「私はいつの間にか大島の彼等の家へ行くことにきまってしまっていた」云々（うんぬん）を挙げるのだが、、、普通に考えれば、その程度のことは単なる外交辞令の域を出ていないと思われる。

だが、「私」はこれを、あの違約事件以来、努力してきた旅芸人への好意が彼等に受け入れられた証拠だと受け止め感激したのだった。

こうして、とにもかくにも「私」は、違約事件については一応の区切りがついたと考えたのである。

十一、別れの決意

― 色あせる旅情 ―

夜半を過ぎてから私は木賃宿を出た。娘達が送って出た。踊子が下駄を直してくれた。踊子は門口から首を出して、明るい空を眺めた。

「ああ、お月さま。——明日は下田、嬉しいな。赤坊の四十九日をして、おっかさんに櫛（くし）を買って貰って、それからいろんなことがありますのよ。活動へ連れて行って下さいましね」

下田の港は、伊豆相模の温泉場なぞを流して歩く旅芸人が、旅の空での故郷として懐しがるような空気の漂った町なのである。


（『伊豆の踊子』）


旅芸人たちから大島に誘われてすっかり満足した「私」は、夜半過ぎまで木賃宿で過ごした。いよいよ明日は下田に向かう日だ。木賃宿を後にするとき、下駄を直してくれた踊子が門口から首を出し、「あぁ、お月さま。——　、、、、」と明日の下田行きの楽しみを語る。

これに対して小説では、「下田の港は、伊豆相模の、、、、」などと醒（さ）めた解説を書いて踊子の気持ちを冷たく突き放す。

踊子の楽しみとは裏腹に、「私」は、〈あーぁ、明日は下田かぁ、下田はこんな人たちの巣なんだよなぁ〉とばかりにため息をつくというわけである。如何にも〈もう終わった〉という感じがにじみ出ている。

「私」のこうした感情は一体どこから来るのであろうか。

踊子への興味を失って以来の芸人たちとの付き合いの中で、これまで抱いてきた「私」の芸人たちへのイメージはことごとく崩壊していた。

好奇心と軽蔑、色情の眼差しで近づいた「私」だったが、踊子たちがそれぞれ肉親らしい愛情でつながっていることを感じ、彼等の旅心が野の匂いを失わない暢気なものであることも分かってきた。旅芸人はすべからく不幸でなければならないという命題も崩れつつあった。旅芸人たちとの交流が深まり、彼等の生活ぶりに間近に接して、死んだ子供の四十九日に誘われたりするにつけ、「私」の旅情は急速に色あせ生活の匂いが漂ってきていた。

大島に誘われ彼等から家族同様に扱われるようになったことで違約事件の屈辱を雪いだ「私」はもう既に十分満足していた。もはやこれ以上芸人たちに求めるものは何もない。下田に行けばそこはもう彼等の故郷のようなところだから「私」の居場所はなくなるだろう。「私」は別れるべき秋が近づいているのを感じていた。

小説では、明日の下田行きを楽しみにする踊子と「私」の憂鬱を対比することで、「私」の心が別の方向に向かっていることを暗示する。

　大正十五年一月に発表された『伊豆の踊子』正編はここで終わっている。

　私たちが福田家を後にして橋を渡ろうとしたとき、入れ違いに若い男女の二人連れがやってきた。宿泊客のような様子も見られないことから、どうやら同じように福田家を見学に訪れるらしい。『伊豆の踊子』は若い人たちにもなお根強い人気があるようだ。

　私たちは、すぐ近くに建てられている立派な文学碑に立ち寄った後、川向こうの共同浴場のあったという場所に行ってみた。湯ヶ野は川向こうの方が温泉街となっているのだ。立ち並ぶ古い建物の中程に古びた共同湯があった。町外の者には開放されていないようで中を覗くことは出来なかったが、今でも地域の人々に利用されているようだ。

　川原にあったという浴場は今はなくなっているが直ぐ上の道からは福田家の「私」の部屋がよく見えた。ここからなら手を振って容易に相手を認識できる位置関係だ。

　木賃宿や料理屋のあったという場所はそこから少し上手の方にある。今は空き地となっていて当時の建物の様子を偲ぶ縁（よすが）も無かったが、少し高台になっていてここからは福田家の「私」の部屋が一層よく見えた。おふくろが娘たちの様子を監視できたのもそんなことだったのかと改めて思った。

敷地の西端にあるパイプからもうもうと湯煙が上がっている。何処かの旅館の廃湯かと見えたが、それにしては湯が綺麗で豊富である。よく見ると直ぐ脇に汲出用のホース等が設置されており使用上の注意書きが貼ってあった。どうやらこれは地域の人が自由に使える温泉らしかった。

冬の日は短い。のどかな湯煙を眺めているうちに湯ヶ野にも夕暮れが迫りつつあった。旅芸人たちとの付き合いがこの湯ヶ野で始まりこの湯ヶ野で終わっていたのだと思うと容易に湯ヶ野を後にすることが出来なかった。

第五章　間道越え

一、大島は見えたのか

ア、朝日の方に河津の浜が

―― 一致した二つの方向 ――

湯ヶ野を出外れると、また山にはいった。海の上の朝日が山の腹を温めていた。私達は朝日の方を眺めた。河津川の行手に河津の浜が明るく開けていた。

(『伊豆の踊子』)

出立を一日延ばした「私」たち一行は最終目的地である下田へと向かう。下田までは約十八キロの行程である。

小説では、湯ヶ野を出てまた山に入り、海の上の朝日の方向に明るく開けた河津の浜を眺めることになっているのだが、このような場所が実際に存在するのであろうか。まず、図上で探してみることとする。

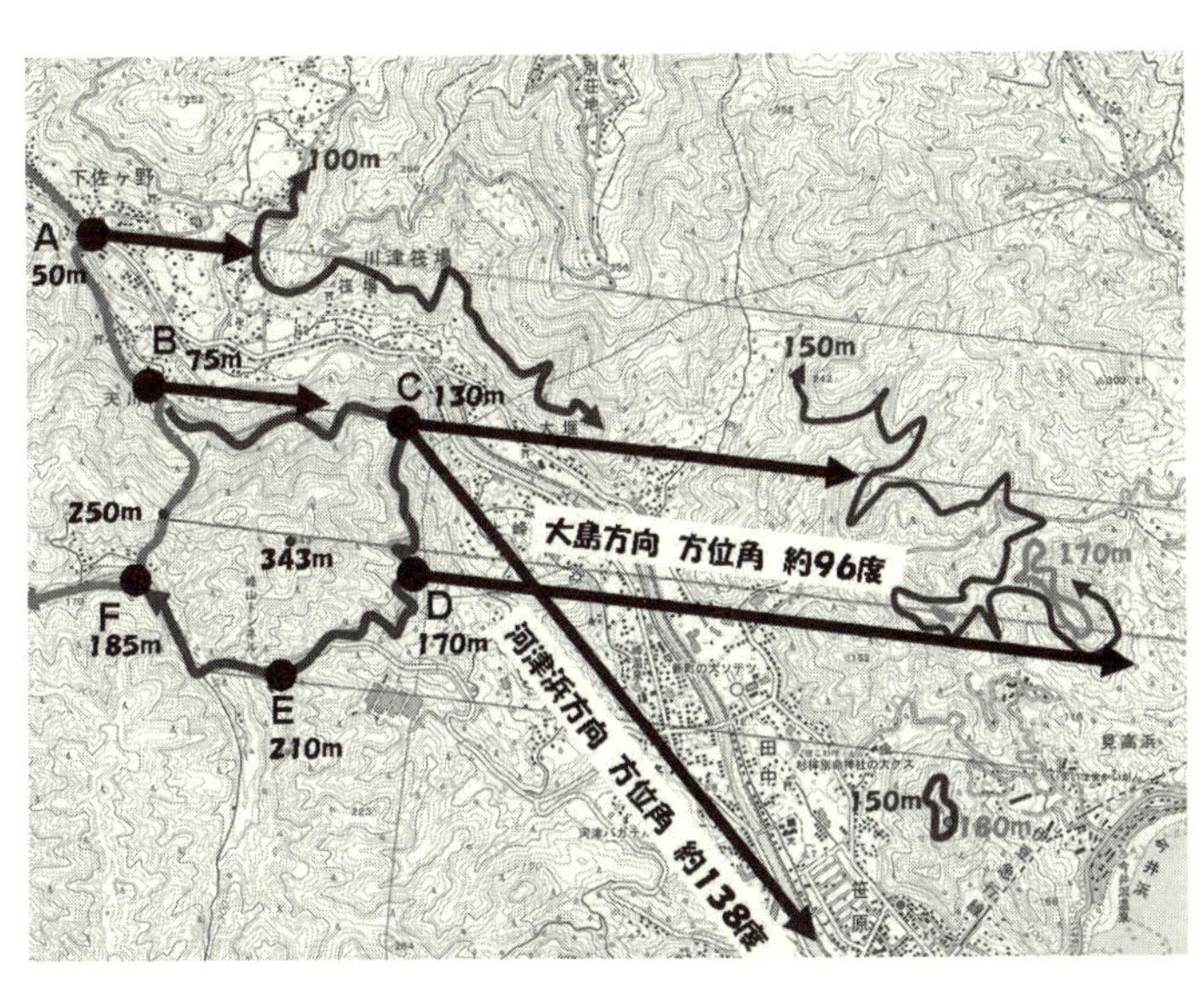

下田街道は、湯ヶ野を出外れると、図のように、河津橋（A点）を渡って天川（B点）へと進み、標高三百四十三メートルの峰山の周囲をC点～D点～E点と大きく迂回しながら坂下（F点）に達する。

湯ヶ野から歩いて行くと、河津の浜方面の眺望は、暫くの間、前方の峰山が邪魔をして出来そうもないが、突端のC点まで来ると一気に海への展望が開けそうな感じがする。

仮にこのC点から河津の浜が見えたとすれば、小説のように同じ方向に朝日が見えるのだろうか？

これを調べるために、まずC点から河津の浜の方位角を求めてみよう。国土地理院のHPを利用すれば、二点の緯度・経度からその方位角（北方向から時計回りの角度）を求めることが

【河津の浜と太陽の方向】

1、河津の浜の方位角

C点　（138度58分20秒、34度46分01秒）
河津浜（138度59分53秒、34度44分35秒）

方位角　138度

2、太陽の方位角

・C点の11月5日の日出・日没と方位角

日出	6時08分	108度
日没	16時47分	251度
	639分	143度

・8時30分頃（日出から144分）方位角
108度＋((143度／639分）×144分）

方位角　140度

出来る。それによれば、C点と河津の浜の方位角は約百三十八度となった。

次ぎに、当時の太陽の方位角であるが、こちらの方は、海上保安庁HPを利用して求めることが出来る。それによれば、C点の十一月五日（実際の旅の日程といわれている）の日出は六時八分で方位角は百八度、日没は十六時四十七分で方位角は二百五十一度となる。

湯ヶ野出発が前日の約束と同じ八時頃であったとすれば、約二キロ離れたこの地点の通過時間は八時半頃であろう。日の出から約二時間二十二分経過しているので、方位角差（百四十三度）を昼間時間（十時間三十九分）で按分して計算すると、その時の方位角は約百四十度となった。

奇しくも?両者の方位角はほぼ一致した。

これによってC点付近で朝日の方向を眺め、その先に河津の浜が見えたという小説の記述は少なくとも理論上は間違いないことが判明した。

イ、あれが大島なんですね

―大島はどう見えるのか―

「あれが大島なんですね」

「あんなに大きく見えるんですもの、いらっしゃいましね」と踊子が言った。

秋空が晴れ過ぎたためか、日に近い海は春のように霞(かす)んでいた。ここから下田まで五里歩くのだった。暫くの間海が見え隠れしていた。千代子はのんびりと歌を歌い出した。

(『伊豆の踊子』)


小説では、朝日の方向に河津の浜を眺め、この視線の延長線上に「あれが大島なんですね」という台詞が出てくる。果たしてC点から大島は見えるのだろうか。

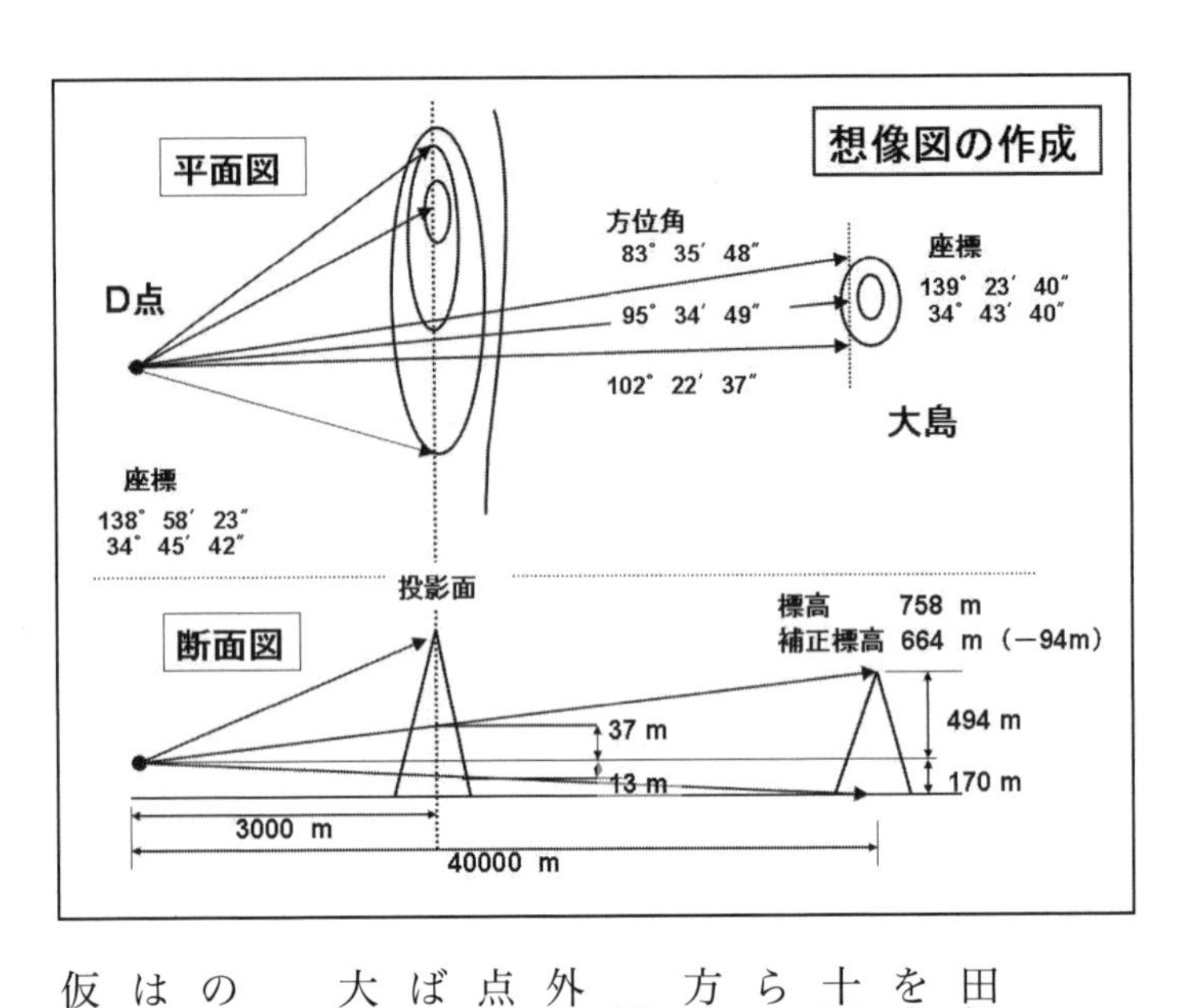

これを確認するため、大島の緯度・経度と下田街道の主要点の緯度・経度から大島の方位角を求めてみた。その結果、A点からは九十七度十四分、C点からは九十六度二十五分、D点からは九十五度三十四分となり、ほぼ九十六度の方角となる。

遠く南の方向に感じられる大島であるが、意外にもここから、ほぼ東方向、約四十キロの地点に大島は位置しているのである。図上で見れば一目瞭然、河津浜の方位角約百三十八度とは大きく異なっている。

だから、小説に描かれているように河津の浜の視界の延長上にそのまま大島が見えることはあり得ない。ただし、人間の視野は広いので、仮に、左四十五度の方向に大島が見えたとすれば、少し目を移せば視界に入ることから、こうした表現でも問題はないとも思える。

だが、もっと根本的な問題がある。それは、このC点から大島そのものが見えるかどうかということである。図上で見てもすぐにわかることだが、C点の標高は約百三十メートルと低いため大島の方向にある河津川左岸の山々が目の前に立ちふさがり見通しはききそうにもないようなのだ。

ならば、この街道から大島が見える地点はあるのだろうか。図上で見る限り、大島方向の前方を遮る山の高さから、大島が見える可能性があるのはD点以降〜E点までの間であろうと思われる。

仮にこの区間で大島が見えるとしたらどのような見え方になるだろうか。現地に行く前に、とりあえず図面等から読み取れるデータをもとに計算上の想像図を作成してみた。

平面的には、大島や河津の浜付近で大島を遮蔽(しゃへい)することとなる山々の主要点について、二点間の座標を用いて視点からの方位角を求める。断面的には、大島山頂や海面について視点からの角度を計算し、遮蔽する山々の位置における相対的高さを求める。

この場合、大島の高さについては、地球の球面の影響を考慮して補正する必要がある。地球

大島の見え方（想像図）

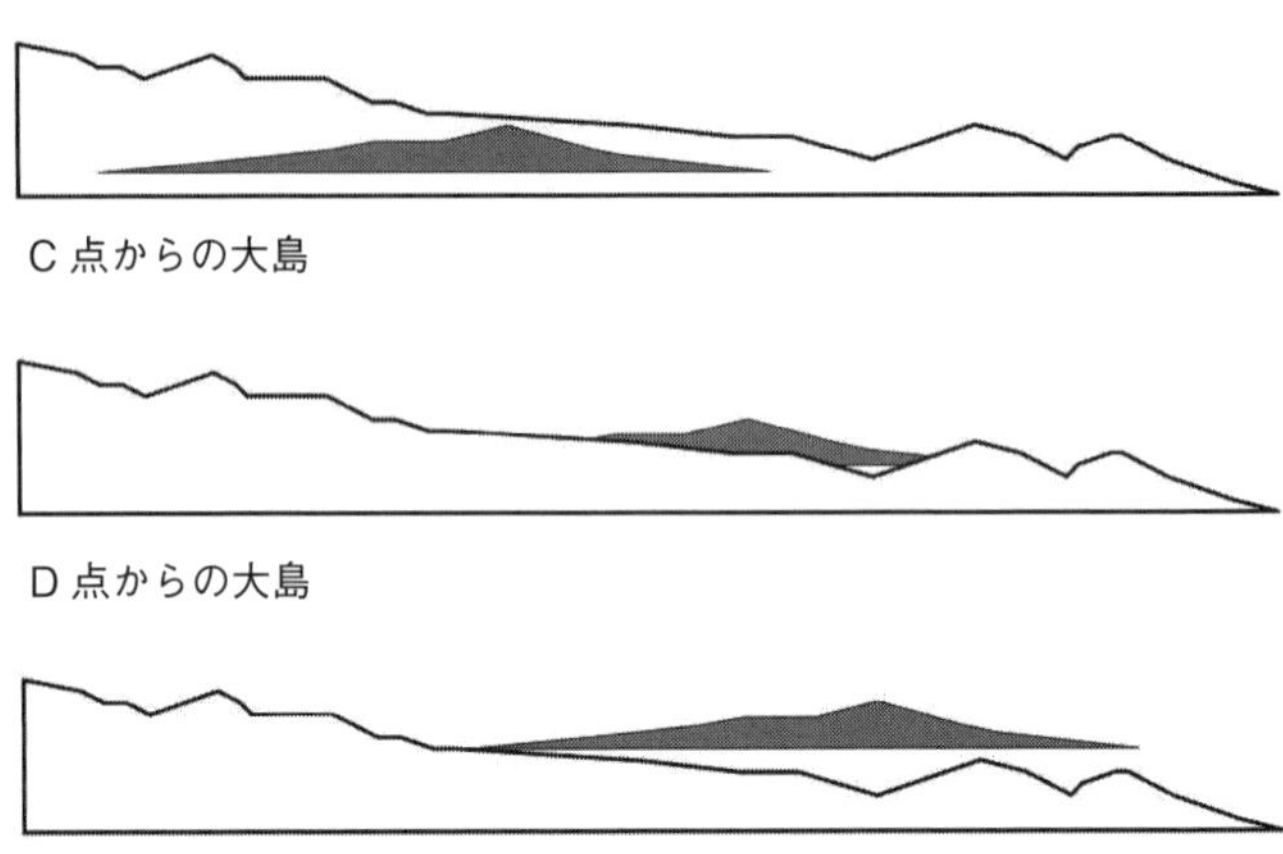

C 点からの大島

D 点からの大島

E 点からの大島

の半径は約六千四百キロと意外に小さいので四十キロ離れると影響が無視できないのだ。単純計算では、大島は約百二十五メートルも沈み込んでしまうことになるのだが、光の屈折を考慮した等価地球半径で計算すると約九十四メートルの沈み込みとなる。

方向と高さが設定されれば、後は、あらかじめ作成した手前の遮蔽前景と大島の島影ユニットを移動しながら想像図を完成させる。

こうしてできあがったのが図である。

C点では、大島は完全に山に隠れてしまっている。

D点では、かろうじて見えるが大島と判別することは難しそうだ。

E点では、大島の全景に近い形が見えてくる。

計算上の大島の見え方は大凡（おおよそ）このような感じになると思われるが、果たして実際にはどうであろうか。

ウ、現地で分かったこと

― 見える河津の浜と見えない大島 ―

私たちは、いよいよ図上での検討結果を検証する機会を得た。

湯ヶ野から下田へ向かうべく河津橋を渡る。下田に通ずる国道四百十四号はここから急に山に入り道幅が狭くなって勾配やカーブもきつくなる。しかも両側には杉の密林が迫り周囲の眺望など全く利かない山道なのだ。未だに未改良のままの道路に驚きながら暫く登ってゆくと、突然、杉林の壁が途切れ右カーブの前方にボッカリと明るい風景が開けてきた。

図面で確認すると、どうやらここがC点らしい。よく見るとガードレールの外側へ古い路面が続いているのが見える。改良される前の旧道のカーブの部分がこの先に残っているようなのだ。旧街道の突端まで出て雑木の間から下を覗いてみると、そこには河津川に沿って平地が帯のように伸び、「河津川の行手に河津の浜が明るく開けていた」という描写そのものの風景が広がっていた。ここに朝日が昇れば全く小説のとおりとなるだろう。ここC点からの描写は明らかに写実的で想像の産物ではないことを確信した。

河津の浜が見えるカーブ（国道414号）＝Ｃ点

杉林の合間に河津の浜の眺望が突然開ける

Ｃ点に立って河津川の行く手にある海を眺めていると、「あれが大島なの？」と学生ならぬ妻の声がする。指さす方向を見るとなにやらうっすらと島影が見えるではないか。大島が見えるのか？と一瞬驚いたが、そのおむすびのような形の小さな島は明らかに大島ではない。後日調べてみると、それは利島のようであった。ちなみにＣ点から利島の方位角は河津の浜よりやや北寄りの約百三十三度である。

大島の方向はというと、方位角が約九十六度であるから、河津の浜の方向から約四十数度左になる。磁石を見ながらしかるべき方向に目を移すのだが、そこにはただ緑の山々が連なるばかりだった（下の写真のほぼ正面方向）。図上で予測したように、また想像図の結果のように、そして現実にも、ここC点から大島は見えなかった。仮に、「あれが大島なんですね」という「私」の問いがここC点でのものであったならば踊子は即座にそれを否定したであろう。従ってこの会話は絶対にC点のものではあり得ない。

私たちは、大島の眺望を求めて更に下田方面へと向う。

図上から判断して、左側にはずっと海の眺望が開けているのだろうと想像してきたのだったが、C点で一瞬開きかけた海への眺望は再び杉の密林に目隠しをされてしまう。予想外の状況に戸惑いながら連続するカーブを登って行くうちに、とうとう峰山トンネルまで来てしまった。

こうなったらとにかく大島が見える限界点と思われるD点を探すしかない。地形図で道路の線形を丹念に追いながらようやくD点と思われる場所を特定する。意外なことにそこは昼なお暗い杉林の中だった。もちろん海は見えない。

だが、周辺を歩くうちにC点と同様の旧道と思われる道路敷が残されており、そこの部分の杉が少しまばらになっているのを発見した。樹木と樹木の間を縫って覗くとかろうじて海が見える。磁石で方向を確認しながら、ようやく見つけたのは、想像図のように山々の間からほんの少しそれらしき姿を見せる大島の姿だった。

D点からトンネルまでの間のどこかで大島が見えないかと、注意深く確認しながら再びトンネルまで戻ってみたのだが、杉の密林が想像以上に視界を遮り、大島が見える場所はついに発見出来なかった。

峰山トンネルの入り口付近がE点であるが、ここに交差点がある。比較的新しいからおそらく近年になって取り付けられたものと思われる。ここを下ると河津バガテル公園を経由して河津の町に通じている。この付近で街道からの眺望を確認していたところ、交差点が出来て杉林が途切れたためか、そこから大島が見えるのを発見した。緑の山々の間にうっすらと青く浮かんでいる大島はまさしく想像図のような風景だった。

下田街道からの大島の見え方としてはこの構図が最も条件が良いものとなる。これより湯ヶ野側に行くと、標高が下がることと遮蔽する手前の山との方向的な関係から、大島の相対的位置は少しずつ写真の左下方向へ移動し、最後にD点のような姿になる。

エ、現実との狭間で

――海が霞んで大島は見えなかった――

作者が旅した大正七年（一九一八年）は今から約九十年も前のことだから杉林が今日ほど大きくはなかったに違いない。もしこの杉林が視界を遮らなければD点以降からトンネルまでの間で大島を見ることは可能だったかも知れない。だから、大島を見て会話をする場面が全く成立しないとはいえない。

だが、現地で確認した大島の見え方から考えると、「あれが大島なんですね」と「私」から踊子に念を押すような言い方をするのは変な感じがする。大島は、ある地点で一気に視界に入ってくるわけではない。街道を歩く中で山々の間から少しずつ顔を覗かせてくるのである。初めて伊豆に来た「私」にとってそんな島影が現れていることなどに気がつくはずがない。

仮に何らかの島が見えて疑問に感じたのなら、「あれが大島なんですか？」と「私」から踊子に尋ねるのが自然な会話ではないかと思うのである。

更に、「あれが大島なんですね」という「私」の念押しに対して、踊子は、「あんなに大きく見えるんですもの、いらっしゃいましね」と応えているのだが、これもどうもおかしい。現実に見える大島はあんなに大きくと表現するほど感動的で劇的に現れるわけではない。そして、大きく見えると、何故いらっしゃいましねなのかもよくわからない。

更に、「暫くの間海が見え隠れしていた。千代子はのんびりと歌を歌い出した」というのも違和感がある。海が見え隠れしていたというのは、この辺の道が、海を正面に見たり海に背を向けたりしながら曲がりくねって登ってゆくためであって、決してのんびりと歌を歌うといった雰囲気ではないのである。

大島を見る場面の調査を進めてみると、河津の浜の描写以降は不思議な表現が多く、絶対にあり得ないとは断言できないものの、とても現実にあったことの記述とは思えないのである。

現地を確認すると以上のような結論に達したのであるが、後日、偶然これを裏付ける決定的な証拠を発見した。

その一つは、「暫くの間海が見え隠れしていた。千代子はのんびりと歌を歌い出した」という描写についてである。

過日、目黒区にある日本近代文学館で「川端文学の名作Ⅰ」という特別展があったので足を運んでみた。そこに『伊豆の踊子』の初出となった雑誌「文芸時代」が展示してあった。続編の最初の部分が見開きになっていたので何気なく文章を読んでみたところ、現行の版とは表現が違うことに気がついた。「文芸時代」の初出版には「直ぐに海は見えなくなった。千代子はのんびりと歌を歌ひ出した」となっていたのである。

これを読んで「私」の疑問は一気に氷解した。

現行版のように、海が見え隠れしていたのなら、図のC点〜E点間の上り坂を歩いている状況である。だが、初出版のように、直ぐに海が見えなくなったのならE点以降を歩いている状況となる。下田街道はE点の直ぐ先にあるトンネルを過ぎれば下り坂となるから、秋晴れの春のような日であればなおさらのこと、道がようやく下りになって千代子がのんびりと歌を歌いだす気持ちは良く理解できる。表現としては初出版のほうが現地の状況に合致しているのである。


もう一つは、小説を読み返していたときに気がついたことである。

それは、「秋空が晴れ過ぎたためか、日に近い海は春のように霞んでいた」という描写だ。本当に何でもない文章なのであるが、これが大島を見ることに重要な意味を持つのである。

というのも、私たちはそれ以後何度か伊豆に足を運んでいるが、大島がよく見えたのはそのうちの半分くらいであったからである。よく晴れていて今日は見えるかも知れないと期待するのだが全体が霞んでいたり、水平線上に雲がかかったりで見えないことも多く、余程気象条件が整わないと綺麗にはっきりとは見えないのである。

大島を見たとされる当日の気象条件が、この小説のように、海が春のように霞んでいる状態であったとすれば、恐らく大島を見ることは不可能だったであろう。

オ、映画の中の大島

― 大島を見る意味 ―

『伊豆の踊子』はこれまで六度映画化されているが、映画では大島を見る場面はどう取り扱われているだろうか。

映画化されたものの全てがＤＶＤなどで市販されているわけではないので、全部のチェックは出来ないが、比較的入手しやすい美空ひばり、吉永小百合、山口百恵主演の三本の映画をくらべてみた。

大島を見る場面は三本の全てにあった。やはり、この場面は『伊豆の踊子』を象徴する典型的なシーンなのであろう。

美空ひばり版では、大島を見るのは下田が間近になってからで、しかも海沿い道を歩きながら眺めることになっている。実際の下田街道は海岸線を通らないから、これは河津から白浜あたりの海岸線での実写であろうか、映画では左後方に大島が見える。大島を最初に確認するのは踊子で、後から来る学生に後方を指して「大島です」と教えている。「あんなに近くに見えるんですもの」の答えは、「船に乗ればすぐですわ」だった。それに対して学生は無言で答える。この無言にはそれなりの意味が込められている。

【映画になった「伊豆の踊子」】

年	会社	出演	監督
昭和 8年	松竹	田中絹代・大日方伝	五所平之助
昭和29年	松竹	美空ひばり・石浜朗	野村芳太郎
昭和35年	松竹	鰐渕晴子・津川雅彦	川頭義郎
昭和38年	日活	吉永小百合・高橋英樹	西河克己
昭和42年	東宝	内藤洋子・黒沢年男	恩地日出夫
昭和49年	東宝	山口百恵・三浦友和	西河克己

吉永小百合版は、小説に全く忠実で、湯ヶ野を出て間道に入る前に大島が見えるという設定である。実際には、間道の前に大島は見えないのだが、映画では、右手前方の山あいから大島が見えることにしている。大島の発見も、あくまでも小説に忠実で、学生が最初に「大島が見えますね」という。踊子は「あんなに近く見えるんですもの」と近いことを理由に大島へ誘い、学生は「ええ」と相づちのような意味のない返事をする。

映画としての筋書き上からは、ここで大島を見るのに特にその必然性は感じられない。見えたから見た、ああそうかといった感じだ。このあとは間道に入るのだが、小説どおり男が間道の説明をして学生に選択を求める。ずいぶんと小説に義理立てをしているようだ。

原作であれ映画であれ大島を見る意味が無いならば大島を見る場面は必要ないと思うのだが、、、。

【映画「伊豆の踊子」に見る〈大島〉の会話】

☆美空ひばり版

踊子：水原さーん、水原さん、大島です。
あんなに近くに見えるんですもの船に乗ればすぐですわ。きっと一緒に来てくださいね。

学生：、、、

☆吉永小百合版

学生：ああ、大島が見えますね。煙が出てる。

男　：三原山ですよ。

踊子：あんなに近く見えるんですもの、いらっしゃいましね。

学生：ええ。

☆山口百恵版

踊子：大島が見える。

学生：あれがそうですか。

踊子：あんなに大きく見えるんですもの、冬休みにはきっといらっしゃいましね。

学生：ええ。

山口百恵版では、間道の頂上に出ると大島が見える。そこで踊子が「大島が見える」と嬉しそうに自分の故郷を学生に教える。間道の頂上からは実際には大島は見えないのだが、映画では大きく感動的に見えることになっている。そして、学生は「あれがそうですか」と驚いて見せる。踊子は来訪を勧め、学生は素直に「ええ」と答える。三本の映画の中では、この映画が、会話も自然で場面も絵になっているという感じがする。恋愛映画ならやはりこれだという感じだ。

だが「あんなに大きく見えるんですもの」と相変わらず小説を踏襲した台詞は原作の呪縛であろうか。

二、山越えの間道

―　急斜面を登る　―

途中で少し険しいが二十町ばかり近い山越えの間道を行くか、楽な本街道を行くかと言われた時に、私は勿論近路を選んだ。

落葉で辷り(すべ)そうな胸突き上りの木下路だった。息が苦しいものだから、却ってやけ半分に私は膝頭を掌で突き伸すようにして足を早めた。

（『伊豆の踊子』）


河津の浜を朝日と共に見て大島を確認した後は、間道に入るということだが、この間道とはいったいどこの道のことなのだろうか。

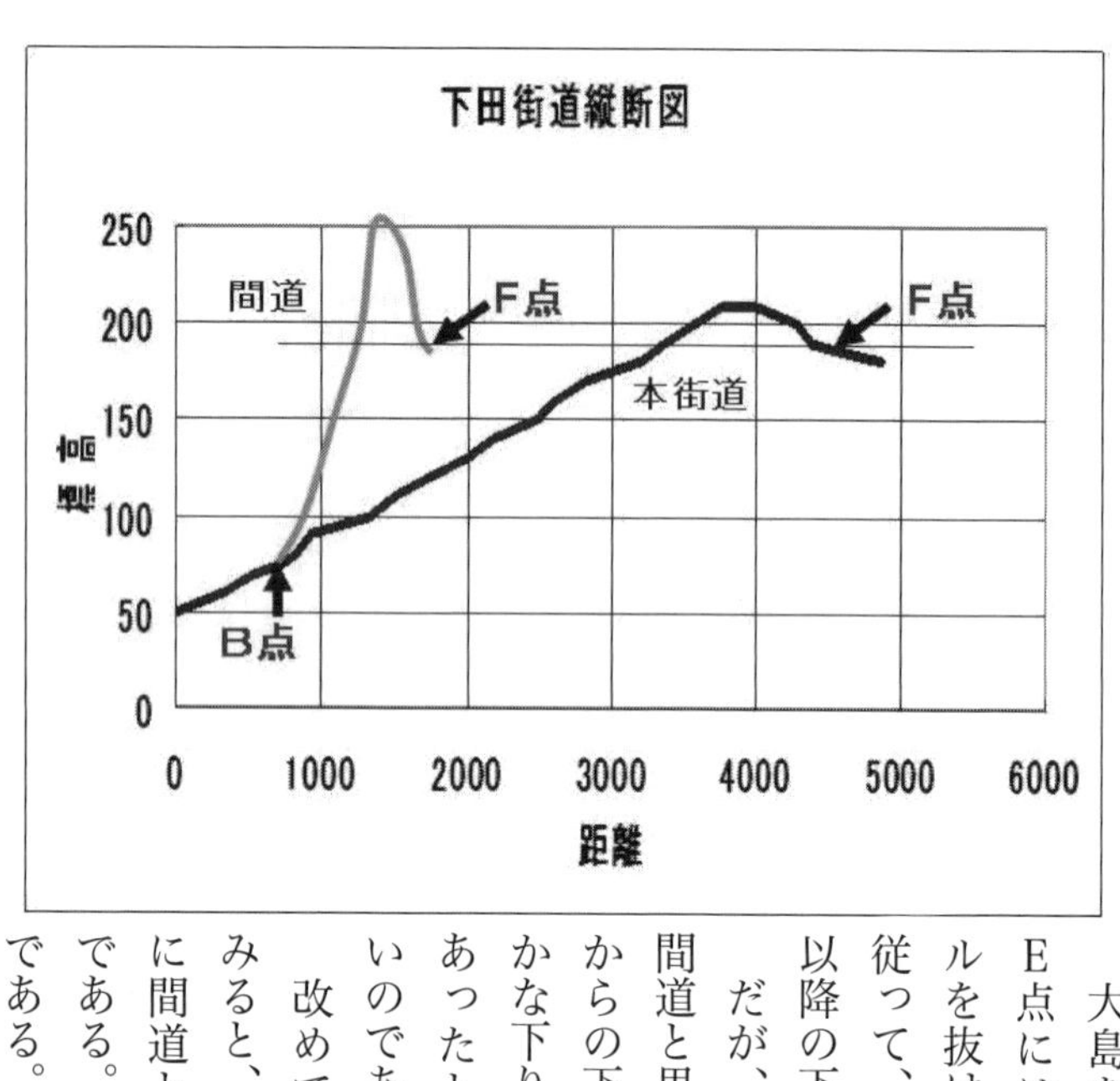

大島を見た踊子たちはこの時点で少なくともE点には達していたであろう。あるいはトンネルを抜けてF点付近に達している頃であろうか。従って、小説の行程によれば、間道の位置はこれ以降の下田街道上ということになる。

だが、地図でいくら探してみても、そのような間道と思われる道はどこにも見あたらない。ここからの下田街道は稲梓（いなずさ）川、稲生沢（いのうざわ）川に沿って緩やかな下り坂が続くばかりで、たとえ近路の間道があったとしてもわざわざ山越えをする必要もないのである。

改めて湯ヶ野～下田間の街道を詳細に調べてみると、なんと、踊子たちが今通ってきたところに間道と呼ぶのに最もふさわしい道があったのである。それは、B点からF点へ直接抜ける経路である。

峰山の周囲を迂回する下田街道の道のりは地図上の計測で約四キロほどであり、山越えの間道はせいぜい一キロほどにしかならないから約二十町（約二・二キロ）ほど近いという小説の記述とはやや合致しないが、道路の状況から考えると、ここが小説に出てくる間道と考えて良さそうである。

それは、これらの道の縦断面図を書いてみるとよく分かる。図には二つの道路の特徴が良く表れている。

峰山の周囲を回る下田街道はB点からF点までの距離が約四キロ。E点付近が最高標高（二百十メートル）となり、上りの平均勾配は約四・五％である。

一方、間道のほうは、B点からF点までの距離が約一キロ。途中の最高標高は二百五十メートルで、そこまでの距離が約七百メートルだから上りの平均勾配は約二十五％にも達する。

間道を選べば、小説に描かれたように胸突き上りの相当に厳しい道なのであるが、歩く距離は格段に短く、登ってしまえばすぐ目の前に下田街道があるといった感じなのだ。

だらだらと長い距離を歩くのなら、一気に短い距離を登ってしまった方が近くて早く着く、そこに間道が利用される理由があるのである。

三、重複する行程の謎

―幕われる「私」のアピール―

これまでの調査結果では、下田街道の本ルートも山越えの間道も現実に存在することがわかった。だが、そうすると大変困ったことになる。

踊子たちは湯ヶ野を出発してB点を通り過ぎ、C点で朝日に輝く河津の浜を眺め、D点以降で大島を望み、F点へと進んだ。そしてこの後踊子たちは再びB点から山越えの間道に入り山の頂上で休んだり、泉の水を飲んだりして再びF点に辿り着いたという不可解なことになる。現実の旅でこの二つの行程を同時に歩くことは不可能である。

『伊豆の踊子』は小説であるから虚構があってもいっこうにかまわない。虚構として読めばそれまでなのだが、作者自らが虚構はない（連載随筆「『伊豆の踊子』の作者」）と言っているこの小説で、どちらかの行程がこの小説上の虚構として書き加えられたことは間違いない。

だが、どちらが虚構かについての判断は難しい。本街道の描写には疑問が多いが、かといって間道の出来事が全て事実とも言えないからである。『伊豆の踊子』が小説である以上、より重要なのは、小説として二つの場面を設けた理由であろう。

当然のことであるが、それは、作者にとって物語の組み立て上この両方の場面が必要だったからに他ならない。

そう考えて改めてこの第五節を読んでみると、ほとんどが「私」に対する旅芸人たちの好意や奉仕の描写で埋め尽くされていることに気がつく。ここでは何故か旅芸人たちが異常に親切なのである。何故この章はこうした表現に満ちているのであろうか。

この第五節以降は、正編『伊豆の踊子』の好評を受けて、ごく短時間のうちに書き足されたものであるらしい。既に、第四節まででで物語は一応完結していたわけだから、ここからの展開はいきおい前節までの物語の補強や補足的なものとならざるを得ない。

前章までに私の尋常な好意が彼等の胸に沁み込んで行くらしいという「私」の認識があり、その結果として「私」が大島の彼等の家へ行くことにきまってしまったということになっていた。

こうした流れを受けて、続編では、彼等の現実の行動の数々を示して「私」のいい人ぶりについての更なる客観的証拠を提示することに専ら力が注がれているようだ。

大島を見て踊子が私を誘う場面は、明らかに、いつの間にか大島の彼等の家へ行くことにきまってしまっていたという前日の出来事に対応する具体的な証拠の提示だと思われる。こう言わせるためには、大島が実際に見えた場面で誘われるという状況設定が最も自然なのである。

間道では、従順な踊子が常に一間の距離を保って「私」に付き従い、頂上に着くと、「私」の袴の裾を払ったり、「ああ水が飲みたい」と言えば「見て来ましょうね」と言ってすぐに探しに行ったりとまるでメイドのように精一杯のサービスをする。

また、芸人たちは湧水を見つけると、手を入れると濁るからとか女の後は汚いだろうからと言って飲まずに「私」の到着を待っているなど、異常とも思える程の「私」への気の使いようである。そして、この後も「私」に杖を探してくれたりする場面などが入る。

これらのサービスは「私」の人間性についてのアピールであるといえるだろう。

〈ほーら、実際、芸人たちはこんなに私を慕っているでしょう、、私はいい人なんですよ、私が言ったことは嘘でないでしょう〉というわけである。

そのために、大島を見る本街道の場面と芸人たちが奉仕する間道越えの部分の両方が必要だったのだ。

だが、あまりにも過剰な旅芸人たちの奉仕の連続はどうしても作りもののような印象を与えてしまっている。

四、踊子との会話は何故チグハグなのか

―「お父さんありますか」の意味―

「東京のどこに家があります」

「いいや、学校の寄宿舎にいるんです」

「私も東京は知ってます、お花見時分に踊りに行って――。小さい時でなんにも覚えていません」

それからまた踊子は、

「お父さんありますか」とか、

「甲府へ行ったことありますか」とか、ぽつりぽつりいろんなことを聞いた。下田へ着けば活動を見ることや、死んだ赤坊のことなぞを話した。


（『伊豆の踊子』）

下田への途中、二十町ばかり近道となる間道を選んだ一行は、踊子と「私」が先行する形となる。踊子と「私」の交流が最も濃密に描かれるのがこの間道の場面である。

間道の急坂を足早に登る「私」に踊子は一間ほどの間をおいて付き従ってくる。「私」が追いつかせるつもりで待っていても踊子は足を停めてしまう。「私」がますます足を急がせてもやはり一間後ろを一心についてくる。そうした位置関係のままで、踊子はぽつりぽつりと色々なことを「私」に聞く。

しかし、話の内容は家はどこかとか、お父さんはいるかとか、甲府へ行ったことがあるかとか、これが湯ヶ野での三日間の後の会話かと思われるほど貧弱で脈絡がない。まるでつい先ほど知り合った者同士の会話のようだ。その上、二人とも急坂を息を切らしながら登っている状況で、しかも一間後ろにいる踊子との会話にしては話し方が不自然だ。何故このようなことになるのだろうか。

『伊豆の踊子』はもとより小説であるから、創作なら創作でも良いのだが、一見何でもない会話を何度か読み返すうちに、とんでもないことに気がついた。それは、さりげなく書かれている「お父さんありますか」という問いである。

これは大変重大なことなのである。何故ならば、「私」が孤児だったからであり、しかも、そのことはこの小説を最後まで読んだ者にしか判らないことだからである。

この時点の読者は、「私」が孤児であったことをまだ知らないから、この部分はとりとめのない会話の一部として、その重大さを感ずることなく素通りしてしまうだろう。

【映画に見る「孤児」の会話】

踊子：東京のどこに家があるんですか。
学生：僕の家、家なんか無いんだよ。
　　　寄宿舎にいるんだ。
踊子：お父さんいますか。
学生：お父さんもお母さんもいないんだ。
踊子：ほんと。
学生：うん。
踊子：お兄さんやお姉さんは。
学生：誰もいないんだ。一人きりなんだ。
踊子：・・・・
　　　大島へいらっしゃるといいわ。
　　　あたしたち、下田で、死んだ赤ちゃんの法事をしたら大島へ帰るの。
　　　大島へ一緒にいらっしゃるといいわ。
学生：うん。
踊子：ほんと。
　　　大島だったら宿屋なんか泊まらなくてもおじいさんの家がある。
　　　いつまでいらしてもいいわ。

＊映画「伊豆の踊子」美空ひばり版

小説には、残念ながらこの問いに対する答えは書かれていない。

恐らく「私」の踊子への認識から考えてこの問いにはまともに答えていないはずだ。

もし、この後があるとすれば、普通の大人同士ならば「いいえ、私は孤児なんです」といった会話が続いたことであろう。私の想像よりも美空ひばり版、映画『伊豆の踊子』の中で交わされる会話を紹介しよう。仮にこのとき、こうした人間的な心が通った会話が取り交わされていれば当然踊子は「私」に一層の親近感を持ち、この後の「私」への奉仕や「いい人」発言にも繋がっていったに違いない。しかし、作者は、踊子の好意と「私」の孤児との関連性が読者に想起されることを最も恐れていたようなのだ。

この章が、「私」に対する旅芸人たちの好意や奉仕の描写で埋め尽くされているのは、こんなに慕われる「私」を演出して、この後の「いい人」といわれる場面の正当性・妥当性を読者に印象づけようとしたためだったことは既に述べたとおりである。「私」が間道で手厚いサービスを受けたり、このあと踊子に「いい人」と評価されたのは、あくまでも「私」からの、彼等に対する尋常な好意だけによるものであって、決して、「私」の孤児という弱みに由来する同情などであってはならなかったのである。

それならば、ここに「孤児」を想起させるような危険なことは書かなければよいのではないかと普通なら思うであろう。そのとおりである。作者も、本当は「孤児」のことには触れたくなかったに違いない。

しかし、作者はあえてこれを書き、この問いに対してはノーコメントとした。

そうしたのは、質問の存在自体を示しつつ、その答えを無視することによって、〈私が孤児であることは話題になったが、他の話題と同様、特に何ということはなかったですよ〉ということを読者に示そうとしたためと考えられる。

つまり「私」の「いい人」の理由に保険を掛けたのである。それも一読しただけでは分からないような形で、、、。

読者に「私」の孤児を知らせる以前にここに仕掛けがされているのは、後で調べてそのことが分かったほうが証拠の効果が一層増してくるからなのだ。

更に、小説に出てくるこのときの会話の内容が妙に脈絡がないのも計算ずくのことだと考えられる。それは、わざと話を分散させて会話の中に「お父さんありますか」という一言を忍び込ませ易くしたのであった。何のことはない、間道での会話はただこの一言を入れるためのものだったのではないかとさえ思えるのである。

この何気ない「お父さんありますか」の問いは、こうした恐ろしいほどの周到な計算のもとに記述されているのだ。


巷間（こうかん）言われているように、この小説が「私」と踊子との恋や心の交流を描いたものであれば、この場面は作品の山場ともなるべき重要な部分であろう。

ようやく二人だけで存分に話が出来る機会が巡ってきた。湯ヶ野での三日間のもどかしさを吹き払うチャンスである。それなのに、小説ではそれが全く描かれず、会話は「お父さんありますか」以外は意味のないものを並べているだけである。

ということは、踊子との恋や心の交流はこの作品の主題ではないということに他ならない。端的に言えば、作者がこの物語を小説として描くとき、「踊子との心の交流物語」か「「私」のいい人物語」かの選択において、間違いなく後者を選択したということなのである。

五、「いい人ね」に感激した本当の理由

―孤児根性は関係が無かった―

二十歳の私は自分の性質が孤児根性で歪んでいると厳しい反省を重ね、その息苦しい憂鬱に堪え切れないで伊豆の旅に出て来ているのだった。だから、世間尋常の意味で自分がいい人に見えることは、言いようなく有難いのだった。

(『伊豆の踊子』)

下りは「私」と男が先行する。後の方から踊子たちの会話が聞こえる。

「いい人ね」と踊子が言う。

「それはそう、いい人らしい」との相づちの後に、再び踊子が言う。

「ほんとにいい人ね、いい人はいいね」

この言い方が単純で明けっ放しだったので、「私」自身も自分をいい人だと素直に感じることが出来た。「私」は晴れ晴れとした気持ちになり、涙が溢れそうになった。


芸人たちからの感謝の証拠の数々が示される中、ここで「駄目押し」ともいうべき決定打が出る。それは踊子が言った「私」についての言葉であった。

誰しも自分のことを「いい人」といわれて嬉しくない人間はいない。

だが、「私」にはそれが余程嬉しかったと見えて、それまで芸人たちに対して尊大に振る舞っていた「私」は、その言葉を聞くと異常と思われる程に反応し取り乱してしまう。

何故「私」は踊子の言葉にこれほどまでに感激したのだろうか。

その理由は、本来ならこの小説の中からじっくりと読み取らせるべきものであろう。

ところがこの小説では、この後、作者自らが次のような解答を書いてしまうのである。

「二十歳の私は自分の性質が孤児根性で歪んでいると厳しい反省を重ね、その息苦しい憂鬱に堪え切れないで伊豆の旅に出て来ているのだった。だから、世間尋常の意味で自分がいい人に見えることは、言いようなく有難いのだった」

普通の人間ならそれほどまで反応しない言葉に大げさに反応したのは、「私」の受け止め方の問題として、歪んだ性格の人間だと思っていた「私」を普通の意味での「いい人」として評価してくれたからであるというわけである。

読者が考える前に作者に答えを示されてしまったのでは是非もない。理由はそれしかない、他のことは考えるな、というようなものであり、更に言えば、読者に余計なことを考えさせないために自ら解説したのかとも疑ってしまう。


ここまで読み進めてきた読者は、突然、孤児だったからと言われて、〈おいおい冗談じゃないよ〉と思わず叫びたくなる心境であろう。これまでに、こうした「私」の心情や旅の動機のことは全く知らされておらず、ここで突然、「私」の正体が暴露されることになるのだから、心がぽきんと折れるどころか、突然堤防が決壊したような衝撃だ。これまでのことはなんだったのだ、そんなそぶりは全く見せなかったではないか。これじゃあ詐欺のようなものではないか、等々憤懣やるかたない思いである。

「私」は最初からこの踊子たちにエリート学生と見られ、事実そのように扱われてきたし、自分もそのように振る舞ってきた。この関係においては何ら不満は無く、そこに孤児に由来するという「私」の歪んだ人間像など入り込む余地は無かったはずだ。突然出てきたこの理由にはどうにも納得がゆかないのである。

ならば実際に、「私」は、何がそんなに嬉しかったのだろうか？小説を良く読めば、その答えもちゃんと書いてあるではないか。それは直前の「私自身にも自分をいい人だと素直に感じることが出来た」という記述である。語るに落ちるとは正にこのことであろう。

このことは、『独影自命』に書かれた『湯ヶ島での思ひ出』に関する次の記述によって一層明らかになる。

踊子が言って、千代子がうべなった、いい人といふ一言が、私の心にぽたりと清々しく落ちかかった。いい人かと思った。さうだ、いい人だと自分に答へた。平俗な意味での、いい人といふ言葉が、私に明りだったのである。湯ヶ野から下田まで、自ら省みても、いい人として道連れになってゐたとしか思へなかった。さうなれたことがうれしかった。下田の宿の窓敷居でも、汽船の中でも、いい人と踊子に言はれた自己満足と、いい人と言った踊子に対する傾情とで、快い涙を流したのである。今から思へば、不思議なことである。幼いことである。

この「自ら省みても、いい人として道連れになってゐたとしか思へなかった」という表現、どこか自慢げで尊大ではないだろうか。

「私」は、今回の旅を理想的に展開することが出来たと思っていた。天城峠に至る過程での旅芸人に対するアプローチの成功。道連れになってからのエリートとしての理想的な振る舞い。ここまでは「私」の「権威」や「金」の力で思うように展開してきた。唯一の誤算は、踊子が案に相違してただの子供だったことだったが、これは「私」の尊厳とは何の関係もないことだった。

ところが、違約事件で旅芸人は初めて「私」の意のままにならなかった。これに衝撃を受けた「私」は、旅芸人という種類の人間に好奇心も軽蔑心も持たず、そんな人間であることを忘れてしまったかように普通の人間として付き合ってやった。

そうしたら昨夜、彼等から大島に誘われ、家族同様に見なされるまでになった。それは「お金」でも「権威」でもない、まさしく「私」の「人間性」そのものへの評価だった。

そして今日、芸人たちは精一杯の好意を示し、踊子は「私」を「いい人」と言ってくれた。「私」

も〈十分にいい人だった〉と密かに思っていたから、〈そのとおりだ、当たり前だ〉と、踊子の言葉を素直に受け止めることが出来た。

「私」が感激したのは、「いい人」を演じ、十分「いい人」なはずだと密かに思っていた自分をその通りに「いい人」だと評価してくれたからであり、「権威」や「お金」ではなく「私」の好意そのものが相手に通じたと感じたからなのだ。何のことはない、ここでの大感激は昨夜の感激と満足の再確認に過ぎなかったのである。

「私」の感激は、直接的には孤児とは関係がなかった。踊子とも関係がなかった、「いい人」と発言する人間は旅芸人ならば誰でも良かった。たまたまそれを言ったのが踊子であり、その言い方が素朴だったので一層「私」の心に響いたのだ。

作者が『伊豆の踊子』を書いた動機について、前出『独影自命』には続けてこう記されている。

「これが『伊豆の踊子』を書いた動機のなかにあったことは疑へない。そしてこの作品が読む人に愛される所以の一つになってゐるのだらう」

自己満足が読む人に愛される所以かどうかは別として、感激の理由は自己満足だったと素直に書けばよいと思うのだが、違約事件でのわだかまりやその後の「私」の行動については、「私」の面子もあって、この小説では伏せられてきたことだったから、そのまま書くわけにもゆかなかったのだろう。

しかし、伏せられてきたことだからこそ、行間からその心情は十分に読み取ることは出来たはずだ。にもかかわらず、小説ではその理由を書きすぎるほど書いてしまった。「私」が孤児であり特殊な感情を持っていたからだというのだが、そもそも、ここで突然出てきた話だから、孤児根性なるものの正体は全く分からない。だから、その心情を理解しろといっても理解しようがないのである。取って付けたような孤児根性の持ち出しは、ルール違反の後出しじゃんけんのようなものなのだ。

小説『伊豆の踊子』の物語で、本当に、孤児根性からの脱却を主題としたかったのならば、孤児根性なるものの内容を読者に示し、その心情や悩みをもっと説明する必要があるだろう。だが、正編『伊豆の踊子』(第一節から第四節)にはそのことは全く記述されていない。「孤児」がこの物語に入り込んだのは続編(第五節から第七節)になってからなのである。

下田の宿の窓敷居や汽船の中で度々涙を流す「私」に違和感を覚え心からの共感が得られないのは、感激の理由があまりにも唐突で独りよがりなためであり、孤児の押しつけに白々しさを感じてしまうためなのである。

六、何故孤児根性を持ち出したのか

― 嬉しかった物語への意味づけ ―

この物語の最大の疑問は、「私」の素性に関する情報の後出し、すなわち、「私」の孤児根性に関する情報は何故第五節で初めて出てくるのか、であった。

小説『伊豆の踊子』（正編）は、第一節から四節までが「伊豆の踊子」として大正十五年に文芸時代一月号に発表され、このあと、正編の好評に後押しされるように「続伊豆の踊子」（続編）を同年、文芸時代二月号に発表された。私たちが今手に取ることの出来る小説『伊豆の踊子』はこの正編と続編を合体させたものであり、短編集「伊豆の踊子」として昭和二年三月、初版が金星堂から出版されている。

最初に発表された小説『伊豆の踊子』正編の骨格は大凡つぎのようなものであった。
高等学校の学生である「私」はぶらりと伊豆の旅に出る。この青年は自尊心は強いものの何の屈託も持たないごく普通の青年という設定である。（この点は特に重要）修善寺から湯ヶ島へ向かう途中、湯川橋で見かけた踊子に興味を持ち、旅情から追尾行を決めた「私」は、湯ヶ島の宿で綿密な計画を練り、天城峠での偶然の出会いを目論む。計画は見事に成功し、旅芸人との同行を始めた「私」は、「権威」におののき「お金」にひれ伏す旅芸人たちの姿に満足する。ところが、目標だった踊子はほんの子供に過ぎなかったことが判明し、「私」の旅情は急速に色あせてしまう。

旅芸人たちとの付き合いもこれまでと腹を決めて迎えた三日目の朝、予期せぬことが起こる。旅芸人たちは、「私」との出立の約束を平然と破った上、「私」の意向を無視して出立を延期するというのだ。「私」はここで思いもよらず彼等に屈服させられる形となる。勝手にどうぞと言われた「私」は深く傷つき、この屈辱を何とか雪がなければならないと考える。

「私」のこうした思いは密やかなものであり、小説の中で触れられることもなかったから、この違約事件のことはこれまでの『伊豆の踊子』研究では全く関心を持たれてこなかった。だが、実際には「私」のその後の行動を大きく左右する大事件だったのである。

努力の甲斐あって、ついに彼等から大島の家に招待されるまでになったとき、「私」は、「好奇心もなく、軽蔑も含まない、彼等が旅芸人という種類の人間であることを忘れてしまったような、私の尋常な好意は、彼等の胸にも沁み込んで行くらしかった」と誇らしげに書いて違約事件を総括する。

一旦彼等に拒絶されたと感じた「私」であってみれば、旅芸人たちからようやく仲間として認められたことが余程嬉しかったのだろう。これですっかり満足した「私」は、踊子が明日の下田行きの楽しみを語るのを聞きながら、旅芸人たちとの別れを考える。

小説『伊豆の踊子』は正編で終わるはずのものだったから、物語全体の骨格は既に正編で完成している。そして、この物語に孤児根性の影は一切描かれていない。

旅の途中で踊子を見初め、第一目標として接近するまでの息詰まる展開。踊子の正体を知ってからの失意。三日目の違約事件によって、「権威」と「金」を行使することしか術のなかった「私」がその限界を知り、第二目標として人間的な付き合いへと挑戦する姿。好意が認められて満足した「私」は旅情から生活への変化のなかで交際の限界を感じ別れを決意する。

旅芸人との奇妙な同行をする中で様々な人生の哀歓を体験するという正編の物語は十分に説得力がある内容だった。

ところが、作者はこの後、続編を書いて「私」の嬉しかった物語に屋上屋を重ね、孤児根性を突然持ち出してしまうのである。

続編の第五節以下は明らかに正編とは調子が異なっている。第五節で「私」は旅芸人たちから、これでもかこれでもかと好意を示され、踊子に「いい人ね」と言われるとついに感極まって涙ぐむ。そしてその理由を自ら説明するのだが、違約事件の行き違いは伏せてきたことだったから、それに代わる嬉しかった理由としてここに孤児を持ち出さざるを得なかったのかも知れない。「孤児」の感情はもともと作者が根底に持っていたことだから、あながち的外れな理由でもなかったのであろう。

「私」が嬉しかった理由は、後々に至るまで作者自身が、孤児なるが故であると繰り返し補足説明していることもあって、公式にはそのように理解されている。だが、それは、明らかに建前としてのものであり、実体験での感激はもっと素朴で直接的なものだったと思うのである。

作者の伝家の宝刀ともいうべき「孤児」を持ちだした効果はてきめんだった。それによって、高慢で身勝手な青年は一躍孤児根性で悩む求道者となり、ナンパとストーカーの物語は浄化と癒し孤児根性からの脱却という美しい青春文学に変身したのである。

七、タネ明かしの意味はどこにあるのか
―　全ては孤児根性で始まった　―

この小説では、第五節になって初めて、「二十歳の私は自分の性質が孤児根性で歪んでいると厳しい反省を重ね、その息苦しい憂鬱に堪え切れないで伊豆の旅に出て来ているのだった」と旅の目的を読者に明かす。

読者に重要な情報を隠し、後で「実は、、、」といってタネ明かしをするのは推理小説などでよく使われる手法である。

一般にこうした手法を用いた場合には、タネ明かしによってそれまでの疑問の数々が、〈なるほど、そうだったのか〉と一気に解決するのが通例だ。

ならば、この小説の場合はどのように疑問が解決するのであろうか。

まず、このタネ明かしが出てくる場面で考えてみたい。

孤児根性云々のタネ明かしの主たる目的は、普通の人間ならそれほどまで反応しない言葉に

「私」が異常に反応したのは、実は、孤児根性で歪んだ性格だと思っていた「私」を普通の意味で「いい人」と評価してくれたからだったというものであった。

だが、この主たるタネ明かしは、あまりに突飛な理由であったため、残念ながらすんなりと腑に落ちるというものではなかった。


仮に、孤児根性が小説全体のタネ明かしとして表明されたものだったならば、正編（第一節〜第四節）の「私」の行動についても、どこかに〈なるほどそうだったのか〉と思えるような場面が無ければならないはずである。

しかし、この新情報をもとに正編の物語を振り返ってみても、〈なるほど、そうだったのか〉と疑問が一気に解決するような明快な場面は表面上はどこにも見あたらない。むしろ、そこにあるのは孤児根性による悩みなどとは全く無縁の高慢で身勝手な自信家の姿があるばかりである。

こうした実態からみると、「自分の性質が孤児根性で歪んでいる、、、、」という新事実の表明は、専ら、続編の「私」の感激の理由を説明するだけのために用いられたと考えられ、正編の行動の全てを説明するまでの明快な意図はなかったのではないかと思われるのである。

正編は孤児根性の匂いすら感じさせないエリート学生と旅芸人との物語だった。

だが、正続合わせて一編の小説となったとき、続編限定のはずだった孤児告白云々が正編にも影響を及ぼし、結果として、それまで無色透明であった正編の物語までもが孤児根性という彩りで見られることになった。

その結果、「二十歳の旧制高校生である主人公が孤独に悩み、伊豆へのひとり旅に出かけるが、、、」（新潮文庫）といった紹介文に代表されるように、その多くが、後出しされた「孤児」情報を既知のこととして理解することになる。

作者が、明快に孤児根性なるが故の心情を述べているのだから、作者の意図にかかわらず、こうした理解は決して間違ってはいないであろう。

むしろ、作者の孤児表明を素直に受けて、正編を含む全ての行動の意味を徹底的に解明しなければならなかったのかも知れない。

問題は、タネ明かしにともなう〈なるほど、そうだったのか〉という部分の十分な解明を行わないまま、部分的に都合の良い場面だけに、「孤児」だからという意味づけが行われてきたことにある。

この典型的な例が、有名な湯ヶ野の共同湯の場面である。

如何に孤児根性がベースにあったとしても、子供だった踊子をみてことこと笑ったという「私」の反応の理由が、孤児だったから癒され浄化されたのだと説明されて〈なるほど、そうだったのか〉と納得する人はいないだろう。それはあまりにも飛躍に過ぎる。そもそも小説には、浄化や癒しなどという言葉は一切使われていない。仮に浄化されたとしてもここでの浄化の対象は一時的な色欲であり、孤児根性そのものが浄化されるなどということはあり得ないのである。

これとは逆に、これまで孤児根性とは無縁と思われてきた湯川橋の出会い、湯ヶ島での出会い、峠の茶屋での出会い、同行の申し出、湯ヶ野での旅芸人たちに対する態度等々の数々の場面において、表明された孤児根性をベースに改めて読んでみると、今まで見えなかった孤児根性の影が見えてくることになった。

「私」は、孤児根性による憂鬱を晴らしたいために自分より弱い立場の旅芸人を追いかけ接近を図ったのではないだろうか、旅芸人たちに高慢な態度をとったのはただ自分の優越感を満足させるためだったのではなかったのか、等々。孤児根性をベースに考えることによってその行動や心理が初めて良く理解できるのである。

作者が「孤児根性」を持ち出したのは続編限定のつもりであっただろうから、孤児根性が全編へ波及するのは作者の望まざるところであるに違いない。だが、孤児根性が一旦表明されれば、作者の都合にかかわりなく一人歩きするのは致し方がないことである。

表明された「孤児根性」のタネ明かしを忠実に解明してゆくと、作者の意図に反して、一見無関係と思われていた正編の物語にも孤児根性が奥深くに脈々と流れていたことが明らかになった。

孤児根性による歪みが根底にあったからこそ、この旅があり全ての行動があったのだ。こう考えることでようやく全編が〈なるほど、そうだったのか〉と腑に落ちるのである。

八、何故感激を弁解するのか

― 立て札の意味 ―

途中、ところどころの村の入口に立札があった。

――物乞い旅芸人村に入るべからず。

（『伊豆の踊子』）

自分の性質が孤児根性で歪んでいると厳しい反省を重ね、その息苦しい憂鬱に耐えきれないで伊豆の旅に出て来ていた「私」は、世間尋常の意味で自分がいい人と見られたことが言いようもなく有難かった。

小説の記述がここで終わっていればまだ問題も少なかったであろう。だが、小説では、何故かこの後に、冒頭の文章がさりげなく付け加えられている。この小説の最大の捨台詞とも言うべきこの文章は一体何のためにここに記述されているのだろうか。

「いい人」と言われてそのときは素直に感激した「私」だったが、冷静に考えてみると、ことはそう単純では無いことに気がついた。小説『伊豆の踊子』本文の「私自身にも自分をいい人だと素直に感じることが出来た」という表現にみられるように、「私」は、いい人といわれて当然という気持ちをもっていた。だが、その一方で、対等の人間同士の付き合いの中で自分の人間性がいい人と評価されたのではないという引け目も感じていた。

いい人と言われたのは、一般の村人から忌み嫌われ最下層の人間と考えられていた旅芸人に対して、金を与えたり、飯を振る舞ったり、宿の自室に招待してやったりしたからなのだ。平たく言えば、乞食に金をやっていい人と言われるのは、その人間個人の評価ではなく金を与えたことによるものなのである。

考えてみれば簡単な理屈なはずなのに、旅芸人からの感謝の言葉を期待していた「私」には、踊子たちの言いようがあまりにも素直だったため、いい人といわれたことを自分の全人格が肯定されたものと拡大解釈し、涙を流さんばかりに大げさに喜んでしまった。

だが、後で冷静に考えてみれば、そんなに感激したのが大げさすぎるということに気がつき気恥ずかしくなってきた。「いい人」と言った相手はあくまで「私」が情けを施した旅芸人なのである。旅芸人であるからこそわずかな金や親切にも感謝されたのである。いわば二軍との試合のハンディ戦なのである。それは十分承知している。だが、これをまともに小説に書いたら、そんなことも分からないのかと言われそうだ。

だから「私」は、そんなことは先刻承知だということを一言弁明しておかねばならないと考えた。

〈たかが、旅芸人に誉められたくらいでこんなに喜ぶなんて、、、と思うでしょうね。だが、相手が旅芸人であることは私も十分承知の上なのですよ〉

大感激直後の唐突な立て札の記述には、こうした気持ちが滲んでいるようにみえる。

作者の踊子たちへの視線はあくまでも冷たい。

第六章　下田

一、「いい人ね」の感激は本当にあったのか

ア、渡り鳥の巣

――甲州屋――

甲州屋という木賃宿は下田の北口をはいると直ぐだった。私は芸人達の後から屋根裏のような二階へ通った。天井がなく、街道に向った窓際に坐ると、屋根裏が頭につかえるのだった。

…（中略）…

芸人達は同じ宿の人々と賑かに挨拶を交していた。やはり芸人や香具師（やし）のような連中ばかりだった。下田の港はこんな渡り鳥の巣であるらしかった。

（『伊豆の踊子』）

下田は、江戸時代には、江戸・大坂間の寄港地として重要な役割を果たした港町であり、幕

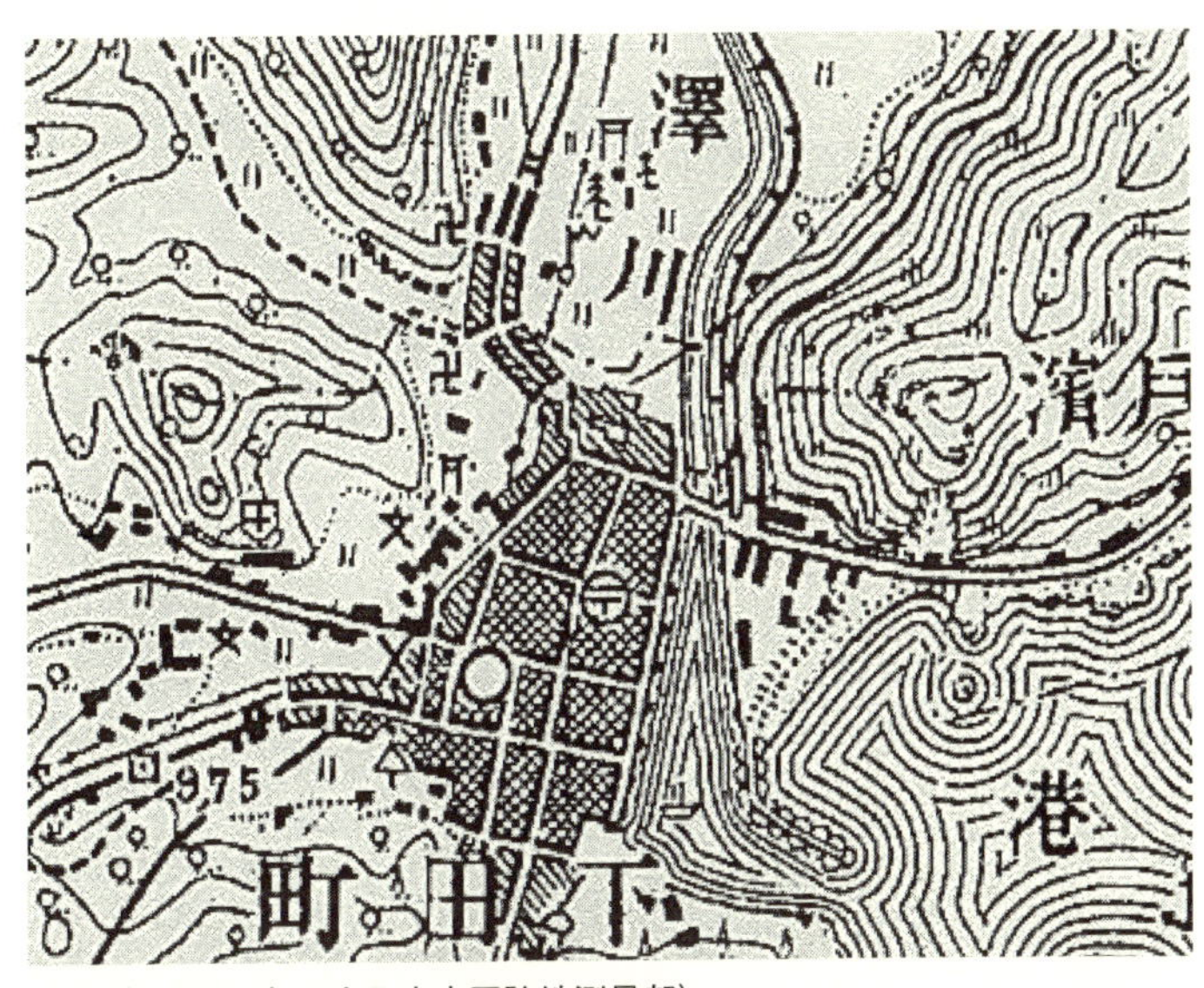

下田（大正15年、大日本帝国陸地測量部）

末には、日米和親条約の調印によってペリー艦隊が入港した「開国の町」としてもよく知られている。市内には下田条約が締結された了仙寺や、唐人お吉の墓所がある宝福寺など、開国にまつわる名所旧跡が多い。

さすが歴史と観光の町だけあってボランティアによる観光ガイドが充実しており、「歴史散歩」や「公園散策」、「伊豆の踊子コース」などの様々なコースが用意されている。

もちろん私たちは「伊豆の踊子コース」を選び案内をお願いする。文学コースは年季が必要とかでガイドはベテランの女性であった。

下田は南北八百メートル、東西四百メートルほどの小さくまとまった町なので市内回りは徒歩で十分なのだ。伊豆急下田駅前を出発

甲州屋

すると程なく甲州屋に着く。このあたりは今でこそ「駅前」だが、「下田の北口をはいるとすぐのところ」とされているように当時は町の外れだったのだ。

旅芸人たちは下田での定宿としてこの甲州屋という木賃宿を利用していた。甲州屋は当時のままの場所にあり、今でも営業されているということだが、残念ながら現在の建物は、火災にあって建て替えられたものであるという。

街道に面した木造二階建ての宿は、周囲の古い町並みに溶け込んで場末の木賃宿という雰囲気は感じられた。玄関のすぐ脇に「伊豆の踊子の宿」と大書した看板が目立っていた。

下田に着いた旅芸人の一行はこの甲州屋に投宿する。屋根裏のような二階へ通ると、天井がなく、街道に向かった窓際に座ると頭がつかえるような部屋だった。

湯ヶ野の宿で予想していたとおり、そこには、旅芸人や香具師のような連中ばかりが屯（たむろ）しており、彼等はまるで古巣に戻ったように、互いに賑やかに挨拶を交わしていた。やはり下田は、「伊豆相模の温泉場なぞを流して歩く旅芸人が、旅の空での故郷として懐しがるような空気の漂った町」そのものだったのである。

「私」は旅芸人たちの生き生きした様子を眺めながら、もはや自分の居場所はないことを感じていた。

イ、躊躇無く別の宿へ

― 山田旅館 ―

無頼漢（ぶらいかん）のような男に途中まで路を案内してもらって、私と栄吉とは前町長が主人だという宿屋へ行った。湯にはいって、栄吉と一緒に新しい魚の昼飯を食った。

（『伊豆の踊子』）

山田旅館跡

甲州屋での芸人たちの様子をみて、「私」は彼等との交際の限界を再確認した。湯ヶ野では同じ宿に泊まりたいと思った「私」だったが、ここでは躊躇することなく、また、当然のように前町長が主人だという宿屋に案内される。案内してくれた者は無頼漢（ならず者）のような男だったという。どうやら作者にとって下田はあくまでも印象が良くないようだ。

このとき「私」が案内されて行ったのは、『天城路慕情』（土屋寛）によれば、「この旅館は山田旅館で、下田小学校のすぐ傍にある下田でもごく普通の旅館であった。いま山田旅館は、新館を下田柿崎海岸に作って本拠をそちらに移したが、小学校の傍に永い歴史をもっていた」と書かれている。

柿崎海岸の山田旅館といえば奇しくも私たちがかつて下田を訪れたときに利用したことがある旅館ではないだ

ろうか。

だが、その旅館には『伊豆の踊子』との関係を示すようなものは一切無かったように記憶している。場所が全く違うところに移転してしまったため、旅館側も『伊豆の踊子』との関連は特に表には出していないのだろうか。

私たちは、ガイドの案内で山田旅館があったという場所へと向かう。

案内された旅館の跡地は甲州屋から約三百メートルほど南に行ったところだったが、今は更地となって駐車場として利用されており、当時の面影を偲ぶ縁も無かった。小学校があったとされる右隣の場所には平成元年に開館されたという立派な市民文化会館が偉容を誇っていた。その右隣は、唐人お吉で有名な宝福寺である。

湯ヶ野の福田家は男（栄吉）が紹介したのだったが、下田の山田旅館は栄吉が紹介したわけではない。「私」一人が案内されて行けば良さそうなものだが、「私」は何故か栄吉を伴って宿に向かう。

そのうえ、宿に入った「私」たち一行は、踊子たちを放ったままにして、湯にはいり、二人だけで新しい魚の昼飯を食う。この新しい魚という表現が何ともいえない。これまでの山中では新鮮な魚など望むべくもなかったから、さぞや美味だったに違いない。栄吉とのこうしたフロ、メシの付き合いは湯ヶ野の初日以来ずっと続いている。何とも不思議な関係ではある。やはり「私」にとって栄吉は特別な存在なのである。

ウ、何故感激の直後に別れを告げるのか

― 虚構だった「いい人ね」の感激 ―

「これで明日の法事に花でも買って供えて下さい」
そう言って僅かばかりの包金を栄吉に持たせて帰した。私は明日の朝の船で東京に帰らなければならないのだった。旅費がもうなくなっているのだ。学校の都合があると言ったので芸人達も強いて止めることは出来なかった。

（『伊豆の踊子』）

前町長が主人だという宿に案内された「私」は、栄吉と一緒に風呂に入って昼飯を食う。栄吉が帰るとき「私」は幾何（いくばく）かの包金を持たせてやった。湯ヶ野での出来事を彷彿とさせる金銭

贈与の場面だが、今回はさすがに投げ与えたりはしなかった。そのお金は、明日の赤坊の法事に出られない代わりにというものだったからである。

小説では、この場面で「私」の明日の出立のことが初めて明かされる。

だが、「私」が別れを告げたのはこのときではないであろう。もし、ここで告げたのなら、「栄吉も強いて止めることは出来なかった」と単数形で示されるべきところだが、小説では「芸人達も」と複数形になっている。これ以前で芸人たちが揃っているときということになると、恐らく「私」は、甲州屋に着いて間もなく「実は、」と切り出したのであろう。

もともと相手の都合など考えずに自分の都合だけで旅芸人たちに近づいたのだから、別れがそうであっても一向に驚かないのだが、問題はそのタイミングである。

つい先ほど踊子の言葉にあれほど感激し、その余韻も醒めやらぬうちに、「私」がいきなり〈じゃあ、さよなら〉と別れを切り出すことについては、小説の展開として非常に奇異な感じを受けるのだ。旅芸人たちとの名残を惜しみ、明日は赤坊の法事もあることだからせめてそれに出席してからと考えるのが普通だと思うのである。

このことについては作者自身も後々まで気にしていたようで、後年「『伊豆の踊子』の作者」

（昭和四十二〜四十三年）で次のように書いている。

学生だから「学校」で筋は通るが、せっかく下田に着いた明くる朝に立ち別れてゆく理由は、やや模糊としてゐるやうに見えるかもしれない。

更にその理由を以下のように続ける。

ところがまた、下田は伊豆半島を北から南への旅の終点であるし、「下田の港は、伊豆相模の温泉場なぞを流して歩く旅芸人が、旅の空での故郷として懐しがるやうな空気の漂った町なのである。」から、学生と旅芸人の道づれは、下田に着けば終るのではなかったか。甲州屋といふ木賃宿で、「旅芸人は同じ宿の人々と賑かに挨拶を交してゐた。やはり芸人や香具師のやうな連中ばかりだった。下田の港はこんな渡り鳥の巣であるらしかった。」ここで旅芸人たちは仲間のなかにもどり、学生は仲間をはづれたのである。学生の旅は終り、旅の小説は終るところであったらうか。

ここで、作者が引用している「下田の港は、伊豆相模の温泉場なぞを流して歩く旅芸人が、旅の空での故郷として懐しがるやうな空気の漂った町なのである。」という文言は『伊豆の踊子』正編の最後（第四節）に出てくるものである。

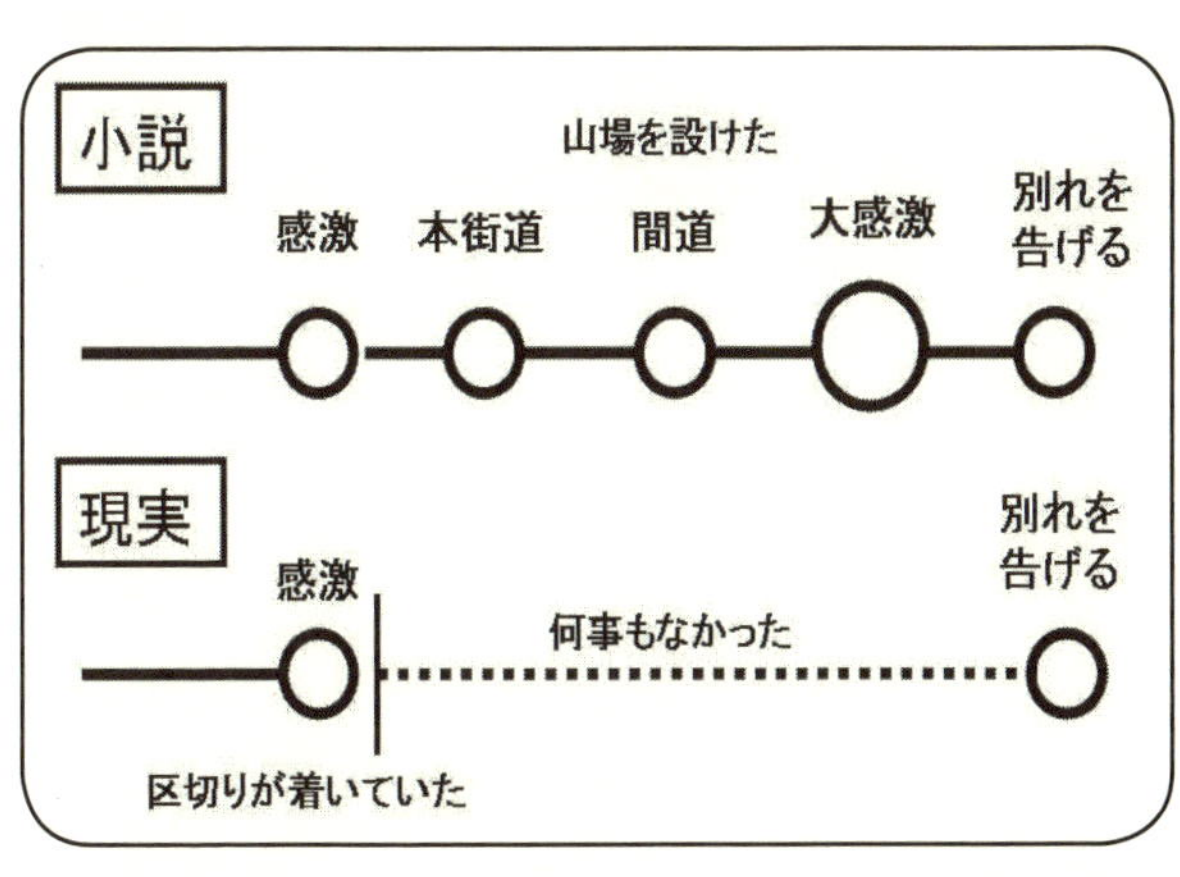

下田に着けば必然的に旅は終わる。相手が仲間のもとに戻る以上、もうそれ以上の付き合いはあり得ない。下田に着いたら別れを告げることは湯ケ野の宿で決めていたことだった。学校の都合や金の問題もあったであろうが、別れを告げる最大の理由は、「私」が既に目的を達していたことにあった。目的とは、もちろん違約事件の決着である。湯ケ野での最後の夜、「私」は旅芸人たちが示してくれた好意に感激し十分満足した。その時点で旅芸人たちと交際を続ける意味は失われていたのだった。

「私」の感激は昨夜のことであったから、下田への道中を経て甲州屋で旅芸人たちに明日の出立を告げるまでには十分な時間の経過があった。「私」が別れを切り出したタイミングは決して唐突ではなかったのである。それが手のひらを返すようなドライな行動という印象を読者に与えてしまうのは、この直前に踊子の「いい人ね」発言による「私」の大感激というクライマックスがあったからである。

直前の大感激が違和感の元になっているのだとすれば。発想を変えて、仮に、この大感激がこの道中には無かったと考えたらどうであろうか。驚くべきことに、そう考えると全てが合理的に説明できるのである。


湯ヶ野から下田への道中で、大島を見る場面の不可解さや間道でのやりとりの異常さ等々は既に指摘したとおりである。この部分の記述の目的は、この後の踊子の「いい人ね」発言や「私」の大感激の場面の修飾にあるのは明らかだから、この小説の最大の山場である大感激の場面も必然的に虚構と考えた方がよさそうなのだ。

「いい人ね」の類の発言は何処かで実際にあったのかも知れないが、少なくともここでこの大感激をもたらすようなものではなかったと思うのである。

『伊豆の踊子』は小説だから、虚構を設けたことが悪いというわけではない、ただ虚構の入る位置が不適切だったのだ。誰もが感ずる別れの通告の不可解さは、事実と虚構が重なり合ってしまったために生ずるこの小説特有の矛盾だったのである。

突然の出立宣言に驚いた旅芸人たちはそろって慰留に努めるのだが、「私」が、学校の都合を持ち出したので、それ以上強いて止めることは出来なかった。既に決めていたことだったから、湯ヶ野での出立延期のときとは違って今度は「私」の意志は固かった。

二、踊子は何故悲しく呟くのか

―　活動へ連れて行ってくださいね　―

踊子はちょこちょこ部屋へはいって来た宿の子供に銅貨をやっていた。私が甲州屋を出ようとすると、踊子が玄関に先廻りしていて下駄を揃えてくれながら、
「活動につれて行って下さいね」と、またひとり言のように呟いた。

（『伊豆の踊子』）

「活動」というのは何かの活動をすることではない。「活動写真」のことで、今で言う「映画」のことである。
映画は、明治二十九年に初めて日本で上映され、国産の活動第一号は明治三十二年のことと

いわれている。初期の映画は無声映画だったので、台詞や背景などを活動弁士と言われる人たちが巧みな話術で解説していた。

さて、「私」が明日の出立を通告した場所は甲州屋だったということを踏まえて、再び場面を戻してみたい。

小説では、「私」が甲州屋を出ようとするとき、踊子は「私」に、「活動につれて行って下さいね」といって、またひとり言のように呟いている。例によって何の感情も交えず淡々と書かれているのだが、踊子からはどこか生気が失われている様子が感じられる。

楽しみにしていた下田に着いて、いよいよ今夜活動に行けるというのだから、もっと嬉しそうに言ってもよさそうなものである。それが何故こんなひとり言のような呟きになるのか、そして、何故、またなのだろうか。

その理由が、私の突然の出立通告にあることは明らかである。

「私」は、甲州屋で芸人たちに明日の別れを通告したと思われるのだが、それは小説のどの時点だろうか。

宿に着いた直後と思われるとき、おふくろが踊子に「肩は痛くないかい」と幾度も駄目を押す場面が出てくる。「私」が太鼓を提げてみて「おや、重いんだな」というと、踊子は「それはあなたの思っているより重いわ。あなたのカバンより重いわ」と言って笑う。この時点ではまだ笑っているから、出立のことは言っていないのだろう。

この後、「芸人達は同じ宿の人々と賑かに挨拶を交していた。やはり芸人や香具師のような連中ばかりだった。下田の港はこんな渡り鳥の巣であるらしかった」と下田の印象が語られる。

次は、踊子が、ちょこちょこ部屋へ入ってきた宿の子供に銅貨をやる場面である。これが踊子の落胆ぶりを描いているのか、特に意味はないのか、微妙であるが、こうした描写に意味の無いはずはないと思うから、前者と考えたほうが良さそうである。

そうすると、「私」が芸人たちに明日の出立を告げたのは、旅芸人たちの様子を見てたっぷりと疎外感を味わった直後ということになろう。

〈やはりそうだよな、〉下田は思った通りの渡り鳥の巣であった。「私」はこの気持ちに後押しされるように明日の出立を芸人たちに告げたのであろう。

芸人たちは驚き、様々に慰留したらしいのだが、「私」が学校の都合を持ち出したので、それ以上引き留める言葉を失ってしまったという。重苦しい沈黙のなかで、踊子はちょこちょこ部屋へ入ってきた宿の子供に銅貨を与える。この場面はそんな状況を表現したものではないだろうか。

踊子の受けた衝撃は大きかった。今夜は楽しみにしていた活動に行き、明日は赤坊の法事と、色々なことがあり、まだ下田での付き合いが続くと思っていたのだが、「私」の非情な通告によって、残された時間は今夜の活動しか無くなってしまったのだ。

「私」が甲州屋を出ようとする時、踊子は玄関に先廻りして下駄を揃えてくれながら、せめて活動にだけは、、、、と「私」に懇願したのだろう。

「活動につれて行って下さいね」と、またひとり言のように呟いたのだった。

後出し情報を踏まえて改めて小説を読んでみると、「活動につれて行って下さいね」と繰り返す踊子のひとり言のような呟きに、踊子の受けた悲しみの深さが伝わってくるようだ。

しかし、こうした踊子の気持ちを全く無視するように、「私」はこの後、栄吉を伴って高級宿に案内され、例によって二人だけで悠々と風呂に入り新しい魚の昼飯に舌鼓を打つのである。

踊子の「いい人ね」発言にあんなに感激した「私」だったはずなのに、「私」に踊子を思いやる気持ちなどは微塵も感じられないのは、とうの昔に踊子への興味を失っていたことの何よりの証拠であることに加え、前項で述べたように、「私」の大感激の場面も実際には無かったからなのである。

三、流した涙は悲恋の悲しみか

―　窓敷居の涙の理由　―

「なんだって。一人で連れて行って貰ったらいいじゃないか」と、栄吉が話し込んだけれども、おふくろが承知しないらしかった。なぜ一人ではいけないのか、私は実に不思議だった。玄関を出ようとすると踊子は犬の頭を撫でていた。私が言葉を掛けかねた程によそよそしい風だった。顔を上げて私を見る気力もなさそうだった。

私は一人で活動に行った。女弁士が豆洋燈で説明を読んでいた。直ぐに出て宿へ帰った。窓敷居に肘を突いて、いつまでも夜の町を眺めていた。暗い町だった。遠くから絶えず微かに太鼓の音が聞えて来るような気がした。わけもなく涙がぽたぽた落ちた。

（『伊豆の踊子』）

夕食をすませた「私」は一人で下田富士によじ登る。

下田富士は標高百九十一メートル、下田市街から見た姿は綺麗な円錐形で、その姿が富士山に似ていることからその名が付いたと言われる。

伊豆急電車が下田駅に近づくと右側にとんがり帽子のような下田富士が見えてくるのだが、電車のアナウンスは左側の寝姿山（ねすがたやま）の紹介に熱心で下田富士には触れようとしない。寝姿山にはロープウエイが設置され山頂にもいろいろな施設があるが、下田富士のほうは観光地にはなっていないようなのだ。

下田富士の登り口は甲州屋から約三百メートルほど北へ行ったところにあり、頂上へは約二十〜三十分である。急な石段や山道が続くので、よじ登るという表現がそれを上手く表している。今日、湯ヶ野から歩いてきたにもかかわらず、また山に登るというのだから、「私」も相当な健脚だったようだ。「私」が登った大正末期は小説のように下田の港が見渡せたのであろうが、現在では雑木林に覆われて眺望はあまり期待できないという。

帰りに甲州屋へ寄ってみると、旅芸人たちは鳥鍋で夕食をとっているところだった。明日が赤坊の四十九日だから、せめてもう一日だけ出立を延ばしてくれとまたしても旅芸人たちが言うのだが、「私」は学校を盾に取って頑（かたく）なに承知をしない。

「私」は、踊子と活動に行くという最後の約束を果たそうとするのだが、今度は、おふくろが踊子と「私」の二人だけで活動に行くことを頑なに承知しなかった。最後の望みを断たれた踊子は顔を上げる気力も無いほどに落胆した様子で、「私」もついに言葉を掛けることが出来ずに甲州屋を後にした。何故踊子と二人で活動を見に行くのがいけないのか、「私」は実に不思議だと思った。

旅芸人たちの再度の懇願を「私」は学校を理由に頑として撥ね付けた。既に目的を達していた「私」にとって迷いはもう無かった。「私」はただ踊子との約束を果たすために甲州屋にやって来たのだ。「私」は共同湯事件以来、踊子のことをただの子供だと思っていたので踊子に対する特別な気持ちも何の邪心もなかった。それなのに何故二人で活動を見に行くのがいけないのか「私」には理解できなかった。だが、おふくろは、踊子が「私」に抱いている無邪気な恋心の危険性を敏感に感じ取っていたのだった。

この後「私」は、消沈する踊子を残し仕方なく一人で活動に行く。だが、すぐに出て宿へ帰り、窓敷居に肘をついて夜の町を眺めながら涙を流す。

「遠くから絶えず微かに太鼓の音が聞えて来るような気がした」という踊子を暗示する文章

もあって、この場面は、一般的には踊子との最後の逢瀬が出来なかったことを悲しみ、踊子のことを想って涙を流したという風に理解されるのであろう。『伊豆の踊子』を踊子との恋物語として読むならば、とても感動的な場面にみえる。

だが、冷静に考えてみれば、ここでの「私」の涙には違和感がぬぐえない。

何故ならば、おふくろが二人の仲を引き裂いたように見えるが、「私」の踊子への興味はとうに失せていたはずだ。活動へ誘ったのは半ば義務的なものだったと思われるからである。そもそも旅芸人たちに別れを切り出したのは「私」の方からなのである。あれほど懇願された明日の法事も学校を盾に頑なに拒否したのだからそれなりの覚悟はあったはずである。それなのに今更何故泣くのであろうか。残された踊子がひっそりと涙を流すというのならまだ話は分かるのだが、別れたくて別れを切り出した方がめそめそと泣くというのがどうにも理解できないのだ。

その答えはひょんなところから見つかった。

『湯ヶ島での思ひ出』をもとに書かれた『少年』にはこのときの心情が以下のように書かれていたのである。

私が二十歳の時、旅芸人と五六日の旅をして、純情になり、別れて涙を流したのも、あながち踊子に対する感傷ばかりではなかった。今でこそ、踊子はものごころつき初めた日に、女としての淡い恋心を私に動かしてくれたのではなからうかと、下らない気持で踊子を思ひ出す。しかし、あの時はさうでなかった。

…（中略）…

下田の宿の窓敷居でも、汽船の中でも、いい人と踊子に言はれた満足と、いい人と言った踊子に対する好感とで、こころよい涙を流したのである。今から思へば、夢のやうである。幼いことである。

そのときの「私」には、踊子と別れる悲しさなどさらさら無かった。「私」の心の中には、今回の旅の成果の満足感だけが広がり流した涙は嬉し涙だったのであった。

踊子との悲しい恋の物語に装うためであろうか、『湯ヶ島での思ひ出』に記されていた涙の理由は、『伊豆の踊子』に採用されることはなかったのである。

四、何故お婆さんが登場するのか

― 自己満足の別れ ―

乗船場に近づくと、海際にうずくまっている踊子の姿が私の胸に飛び込んだ。傍に行くまで彼女はじっとしていた。黙って頭を下げた。昨夜のままの化粧が私を一層感情的にした。眦(まなじり)の紅が怒っているかのような顔に幼い凛々しさを与えていた。栄吉が言った。

「外の者も来るのか」

踊子は頭を振った。

「皆はまだ寝ているのか」

踊子はうなずいた。

栄吉が船の切符とはしけ券とを買いに行った間に、私はいろいろ話しかけて見たが、踊子は堀割(ほりわり)が海に入るところをじっと見下したまま一言も言わなかった。私の言葉が終らない先き終らない先きに、何度となくこくりこくりうなずいて見せるだけだった。
そこへ、
「お婆さん、この人がいいや」と、土方風の男が私に近づいて来た。

（『伊豆の踊子』）

ガイドはやがて大横町通りへと進む。栄吉が、たばこ、柿、カオールを買ったという場所などを説明してもらう。こんな場所もきちんと分かっており観光名所になっているのだ。港へ向かうかつての繁華街には往時を偲ばせる古い建物も残り海に向かってびっしりと商店が建ち並んでいる。

そしていよいよ突き当たりが乗船場である。ここからはしけが出て沖合の汽船に連絡していたというが、今は当時の面影はほとんど見あたらず、ただ「別れの汽船乗り場跡」の説明板のみが当時の様子を伝えている。訪れた日は、風が強く岸壁には小型漁船が舳先（へさき）を並べて所狭しと係留してあった。

翌朝、一人で旅立つのを覚悟していた「私」だったが、早朝にもかかわらず栄吉が見送りに来てくれた。栄吉は黒紋付きの羽織を着込んでいた。「私」を送るための礼装らしい、と「私」

下田港。左の山は下田富士

は受け取り満足した。

この礼装は「私」のためではなく赤坊の四十九日のためであり、「私」が勘違いしたためだったという解釈が近年の定説だが、あながちそうとも言えない。早朝で時間が早かったから四十九日の礼装にはまだ時間があったはずだ。なによりも他の女たちはまだ寝ている時間なのだ。「私」への気持ちが強かったので早朝からこの礼装となったという見方も出来る。

船着場への途中で、「私」は鳥打帽を脱いで栄吉の頭にかぶせてやり、カバンの中から学校の制帽を出して皺を伸ばしながら、〈色々ありましたね〉とでも言うかのように二人で笑う。この道中は、踊子よりも栄吉との思い出の方が沢山あったのだろう。

女たちが見送りに来ないのが不満だったが、乗船場に着くとそこには踊子が一人うずくまっていた。栄吉が切符を買いに行っている間に、「私」がいろいろと話しかけるのだが、踊子は一言も言わず、「私」の言葉が終わらない先終わらない先に、何度となくこくりこくりとうなずいてみせるだけだった。

ここで「私」は一体何を話しかけたというのだろうか。これまでの踊子への対応、そしてこの後の「私」の自己満足的行動からみて、未来へ意味がある言葉だったとは思えない。その言葉の虚しさに、踊子はただうなずくことしかできなかったのだろうか。

そこへ突然、大事な別れの場面を邪魔するかのように、いやむしろ会話を中断させたいためではないかと思えるほどのタイミングで土方風の男が「私」に話しかけてくる。蓮台寺の銀山の鉱夫たちから、流行性感冒で親を亡くしてしまった孫たちを水戸に連れて行くというお婆さんの世話を頼まれるのだ。このため、踊子との会話は途切れ、あわただしくはしけが出てしまう。

いよいよ汽船が出航する。

「栄吉はさっき私がやったばかりの鳥打帽をしきりに振っていた。ずっと遠ざかってから踊子が白いものを振り始めた」(『伊豆の踊子』)

恋愛小説ならばクライマックスとなるべき最後の別れの場面だが、小説は実に素っ気ない。何よりも、余計な挿話に邪魔されて尻切れトンボとなった二人の会話に不満が残るのだ。

映画『伊豆の踊子』の監督である西河克己氏は、その著書『『伊豆の踊子』物語』で、この場面に次のような疑問を投げかけている。

「この老婆と鉱夫たちの出現のくだりは、『伊豆の踊子』の簡潔で透明な調子をいちじるしく乱しているように私には思えてならない。不遜を省みずいえば、この部分は省略してしまった方が、小説の首尾が一貫するような気がするのである。この部分は、「私」が、踊子たちとの交流によって、心が洗われ、素直な人情に流されてゆく心境を表現するための設定なのか。それにしては、鉱夫の長い説明的な会話など、全編の調子からはずれた、妙に芝居じみた文章で、気になるところである」

この場面、誰もがこうした印象を受けるのではないだろうか。踊子との関係だけから言えばこの部分は確かに不要と思われる。だが。この小説はただの旅芸人との交流物語ではないのである。

悲しい別れで終わったはずの小説はここからまだ続く、むしろここからが本題なのである。

「私」は船上でこの旅を振り返る。既に踊子との別れは遠い出来事となり、踊子との別れのときには涙を見せなかった「私」は、伊豆半島の南端が見えなくなった後、カバンを枕に横たわってようやく涙を流す。

「私」の横に少年が寝ていた。河津の工場主の息子で、入学準備に東京に行くのだという。一高の制帽を被った「私」に好意を感じたらしく、少年は「私」に「何か御不幸でもおありになったのですか」と話しかける。

「いいえ、今人に別れて来たんです」と「私」は非常に素直に答える。

「私」は、泣いているのを見られても平気だった。

それは悲しみの涙ではなく、「ただ清々しい満足の中に静かに眠っているようだった」という。

そしてこの後、不可解なお婆さんの挿話の意味がようやく明らかになる。

「少年が竹の皮包を開いてくれた。私はそれが人の物であることを忘れたかのように海苔巻のすしなぞを食った。そして少年の学生マントの中にもぐり込んだ。私はどんなに親切にされても、それを大変自然に受け入れられるような美しい空虚な気持だった。明日の朝早く婆さんを上野駅へ連れて行って水戸まで切符を買ってやるのも、至極あたりまえのことだと思っていた」(『伊豆の踊子』)

孤児根性から脱却できた「私」なのだから、自分が他人の親切を受け入れるばかりではなく、他人にも親切にしてやらなければ均衡がとれない。

そこで、可哀想なお婆さんを登場させ、〈他人にも当たり前のように親切にすることが出来るようになった「私」〉を披露する、というわけである。

これで貸し借りはなくなった。

乗船場でお婆さんを登場させたのは、後から出てくる少年との均衡のためだったのである。それは同時に、踊子との会話を他者のせいにして中断させるためにも好都合であった。

仮に小説の中で、ここで十分な時間があったとしたら「私」は踊子に話す言葉に窮してしまったであろう。既に自己満足が完結していた「私」には、〈冬休みには、必ず大島に遊びに行くよ〉などというリップサービスは決して発することが出来なかったであろうから、、、。

余談ではあるが、船上の少年は後藤猛氏という実在の人物をモデルにしたものだったという。氏の話によれば、このようなお婆さんは実際には存在しなかったということであり、創作であろうということである。（前記『天城路慕情』土屋寛）このお婆さんの部分が取って付けたような不自然さが目立つのもこのためであろう。

小説では、「婆さんはどうしたかと船室を覗いてみると、もう人々が車座に取り囲んで、いろいろと慰めているらしかった。私は安心して、その隣りの船室にはいった」と書かれている。婆さんの世話を快く引き受けた「私」だったが、あれほど見込まれて頼まれた婆さんなのに、船上で親身になって婆さんの世話をすることもなく、他人が面倒を見てくれていると知るや、これ幸いとその世話を放り出し、さっさと隣の船室に入ってしまう。こんなところにも身勝手な「私」の行動様式が良く表れている。

それにしても何故隣の船室なのか？船室の等級が違っていたのかも知れないが、何よりも、象徴的なことは、婆さんを放り出して「私」が入った別の船室には、本来の「私」の世界に繋がる件の「少年」がいたことである。

第七章　それから

一、歪んでいなかった「私」

―反省のない自己肯定の物語―

一般に、小説『伊豆の踊子』は「私」が孤児根性から脱却する過程を描いた物語と言われている。

しかし、それが主題というわりには、「私」が孤児根性で悩んでいたことについては、それまでの展開の中で一切説明されていない。そこへ突然、〈孤児だったから嬉しかったのだ〉というものだから、一般の読者には何が何だかさっぱり分からない。

孤児であるが故の心情は極めて個人的なものであり、孤児ならば必ずそう感じるという一般の共通理解にもなっていない。ましてや、この小説を読む全ての者が、作者が孤児だったことを承知しているわけではない。自分しか感じ得ない心情など他人に理解できるわけはないのである。

感激の理由を他人に理解して貰いたいならば、「私」が孤児根性なるものでどのように悩んでいたのかを、もっと丁寧に説明しなければならないと思う。

川端康成の研究で知られる長谷川泉氏の論文に次のような文章がある。

「川端康成の出世作『伊豆の踊子』が、完成した作品『伊豆の踊子』の味読だけでは完全な理解が困難なことは、かなり広く知られるようになった」（「『伊豆の踊子』の創作動機」）

そんな馬鹿な、と思うだろうが、どうやら本当らしいのだ。小説を読むのに、作者の戸籍調べをしたり、生い立ちから恋愛歴などあらゆる経歴を考慮しなければならないとは一体どういう事なのだろうか。そういった研究スタイルがあっても構わないとは思うが、一般の読者が小説を読むのにいちいちそんなことをしていられるはずはない。あくまで小説は小説として読むべきだと思うのだが、それでは完全な理解が出来ないと言うのだ。こうしたことになっているのは、やはり「孤児根性」の突然の出現が原因になっているのだと思う。


小説に具体的な説明が無いので、邪道ではあるが、私も、孤児根性なるものについて他の文献等で推測してみたい。『少年』という作品に以下のような記述がある。

「幼少から、世間並みではなく、不幸に不自然に育って来た私は、そのためにかたくななゆがんだ人間になって、いぢけた心を小さな殻に閉ぢ籠らせていると信じ、それを苦に病んでゐた。人の好意を、こんな人間の私に対してもと、一入ありがたく感じて来た。さうして、自分の心を畸形と思ふのが、反って私をその畸形から逃れにくくもしてゐたやうである。」

こうした考えに囚われていた「私」は、「自分の性質が孤児根性で歪んでいると厳しい反省を重ね、その息苦しい憂鬱に堪え切れないで」(『伊豆の踊子』)、また、「幼少年時代が残した精神の病患ばかりが気になって、自分を憐れむ念と自分を厭ふ念とに堪へられなかった」(『少年』)ために伊豆の旅に出て来たというのだ。

そして、その悩みは次のような過程を経て解消されたという。

「しかし、自分をそんな風に思ふのは、私にさうした欠陥のあるのは勿論だが、自分の異常な境遇に少年らしく甘えてゐる感傷が多分にあり、感傷の誇張が多分にあると気づいて来た。私は病んでゐたほどでもないと思ふやうになったのである。これは私によろこびであった。私がそれを気づいたのは、人々が私に示してくれた好意と信頼とのお陰である。これはどうしてと私は自分をかへりみた。それと同時に私は暗いところを脱出したことになったのである。私は前よりも自由に素直に歩ける広場へ出た」(『少年』)

平たく言えば、孤児根性で歪んでいると考えたのは、青春の感傷であり、孤児であることを重大に考えすぎていたためであった。そして、それを気付かせてくれたのは、旅芸人たちの好意と信頼とのお陰であった、ということになる。

この旅芸人たちの好意と信頼とはどのような性格のものであったろうか。小説の中で明らかなように、「私」は旅芸人に対して圧倒的に優位な立場に立っていた。これは通常の人間同士の付き合い方ではない。通常の人間同士の付き合いは水平・左右の関係にある。ところが、相手もそれに答えて好意と信頼を示したのだと無邪気に喜んでしまった。単純に、「私」の好意が相手に通じ、「私」はこのことに気が付かなかった。「私」はこのことによって、暗いところを脱出し、自由に素直に歩ける広場に出たと思った。

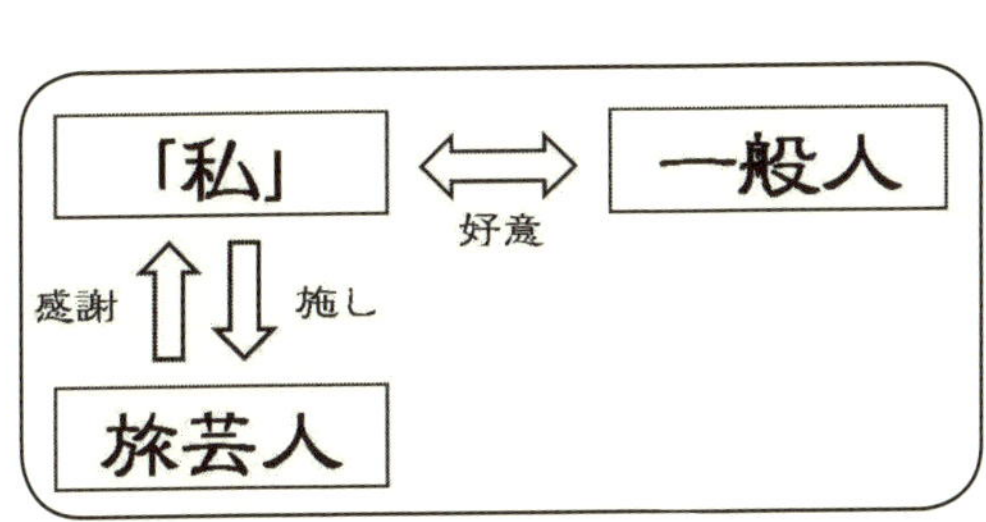

小説では、この旅芸人での成功体験によって、通常の人間同士の水平・左右の関係にも展開出来たとして、お婆さんや少年との付き合いを読者の前に示した。これは、例えて言えば、難易度の低い二軍との試合に勝って自信を付け、一軍にも通用しました、というようなことである。もちろん、人が何によってどう自信をつけようが他人が問題とすることではないのだが、、、、、

旅芸人によって自信をつけた「私」は、「しかし果して『厳しい反省を

重ね』たか、ほんたうに根性が『歪んでゐる』と考へたか、それは疑はしいものである」（『独影自命』）と考え、次第に、「死んだ肉親なぞにはこだはらなくなればいいのだ。孤児根性が自分にあるなぞと反省しなければいいのだ」（同）と考えるようになったという。

そしてついに、小説『伊豆の踊子』の中では、孤児根性で歪んでいると厳しい反省を重ねてきたはずの「私」は、反省どころか、

「好奇心もなく、軽蔑も含まない、彼等が旅芸人という種類の人間であることを忘れてしまったような、私の尋常な好意は、彼等の胸にも沁み込んで行くらしかった」と、自分の行為を全面的に自賛し、

「私自身にも自分をいい人だと素直に感じることが出来た」と、臆面もなく自己を肯定するまでになるのである。

旅芸人によって「私」が得たものは、〈歪んでいた心が真っ直ぐになった〉のではなく、〈私の心は歪んでいなかった〉という自信だった。「私」が暗いところを脱出できたのは、浄化などという自分の負の部分からの決別ではなく、自分自身（孤児根性）の全面的な肯定によってであった。それ故に、現実の「私」も小説の「私」も、浄化や反省などとは無縁の存在だったのである。

二、脇役だった踊子

― 本当は男との交友物語だった ―

「私」と旅芸人たちは湯ヶ野で三日間を過ごしたわけであるが、その交流の実態はどのようなものであったろうか。踊子と男それぞれの接触状況を整理してみた。

まず、踊子と過ごした時間である。

第一日目は、道中での最初の会話と木賃宿での休憩時のみだった。

第二日目は、朝、共同湯の出来事があったものの接触は無かった。夜、流してきた旅芸人たちを部屋に招き入れたが、他の芸人たちもずっと一緒だったので二人で話す機会は無かった。

第三日目は、朝から踊子たちが「私」の部屋に遊びに来た。他の芸人たちが内湯に入っているとき、二人で五目並べをした。その夜は、「私」が木賃宿を訪ね、旅芸人たちの生活を間近に見ながら夜半まで一緒に過ごした。

一方、男と過ごした時間はどうだろうか。

第一日目は、道中絶えず話し続け、福田家では一緒に風呂に入り男の身の上話を聞く。

第二日目は、朝早く訪ねてきた男と一緒に風呂に入り、例の共同湯事件が起きる。その後、男は夕方まで「私」の部屋にいた。一旦木賃宿に帰るが、夜は、流してきた男を再び部屋に招き入れ夜半まで共に過ごした。

第三日目は、例の違約事件の日である。男と散歩に出かけ、再び身の上話を聞かされる。その後は、踊子たちと共に「私」の部屋で過ごし、彼女たちが帰った後も、前日同様夕方まで「私」の部屋にいた。その夜は、「私」が木賃宿を訪ね、夜半過ぎまで芸人たちと共に過した。

こうして見てみると、踊子と「私」の接触時間は非常に少なく、反対に男と過ごした時間の方は圧倒的に多かったことが分かる。

接触時間の長さが如実に示しているように、その付き合い内容には雲泥の差があった。男とは湯ヶ野への道中で絶えず話し続けてすっかり親しくなり、福田家では一緒に風呂に入って身の上話をするなど最初からかなり濃密な付き合いとなった。

その理由は、男の顔付や話振りが相当知識的なところから、男は旅芸人ではなく「私」の側に属する人間だろうと考えたことにあった。

程なくそれは誤解だったことが判明するのだが、第一印象の影響は大きい。男が旅芸人ではあったものの翌日の共同湯事件以降も二人は夕方まで「私」の部屋で過ごすのである。

三日目は違約事件の日である。「私」の心が大きく揺れ動いた日だが、男と散歩に出て身の上話を聞いた後は、私の宿に戻り前日同様夕方まで男と二人で過ごす。さらりと記述しているのだが、なんと男と「私」は二日間にわたって「私」の部屋で過ごしているのである。大の男が二人きりで連日部屋に籠もり一体何をして過ごしたのだろうかと余計な心配をしてしまう。

下田に着いて旅芸人たちに別れを告げた後も男だけは特別だった。二人は「私」の宿で一緒に風呂に入り飯を食うなど、その関係は最後まで濃密に続いた。

翌日の別れは更に明瞭である。男は礼装で登場し、「私」に敷島や柿、カオールなどの餞別を手渡す。このとき「妹の名が薫ですから」と男が言うのだが、このわざとらしさはなんだろうか。最後まで踊子との恋愛物語を装って自分たちの関係を隠そうとしたのだろうか。

「私」は被っていた鳥打帽を男に与えカバンから学生帽を取り出して二人で笑う。この笑いの意味は奥深い。


男との付き合い方とは対照的に、踊子との付き合い方は実に淡泊だった。

そもそも、踊子については、湯ヶ野でのお茶こぼし事件や共同湯の事件を待つまでもなく天城峠の山中で初めて言葉を交わしたときから既に「私」の心はぽきんと折れていたのだと思う。

「冬でも泳げるんですか」との「私」の問いに、踊子は赤くなって、非常に真面目な顔をして軽くうなずく、このやりとりを聞いていた四十女が「馬鹿だ。この子は」と笑う。「私」はこの最初のやりとりで目標としてきた踊子がどのような人間であったかを直ちに認識したはずだ。「私」の想像に反して、踊子は学生である「私」に赤面し頓珍漢な受け答えをするほど純朴だった。色欲の対象どころか対等の会話さえ出来ない小娘だったのである。この後のお茶こぼし事件、共同湯事件はその確認過程ともいえる。

更に、そのことは続編でもしっかりと再確認される。「大島にいる時は何をしているんです」と「私」が聞くと、踊子は唐突に女の名前を二つ三つあげて、全く見当違いの甲府の話を思い出すままに話したりする。下田では水戸黄門漫遊記を口読する場面で、踊子が字すら読めなかったことまで暴露される。これだけ繰り返し出てくる情報に意味のないはずはない。これらの一連の情報は、〈踊子はとても恋や信頼といった対象にはなりませんよ〉という読者への確認メッセージであると私は理解する。

「私」にとっての踊子とは、小説では全くの子供であり、現実でも少なくとも対等の関係を築くべき大人ではなかった。色気づいて一方的に「私」を慕ってくる無学だが可愛い小娘と言ったところが妥当な評価であろうか。

踊子に対する「私」の認識がこのようなものであったから、小説の「私」は踊子に対して一貫して上からの目線で接し、それ以上心の中に踏み込むことはない。「私」と踊子の間に意味のある会話が交わされることはなかったのである。

それは最後の場面でも同様である。男との別れを惜しんだ後、「私」は船着場で待っていてくれた踊子に色々と話しかける。だが、最後の別れだというのに話は一向に要領を得ない。それもそのはずである。「私」はこの期に及んでも何ら取り乱すことなくただ観察者としての言葉を発し続けていたのだろうから。

船が出て、男は鳥打帽を盛んに振るが、踊子はずっと遠ざかってからようやく白いものを振り始める。これが踊子との最後の別れである。船が下田の海を出て伊豆半島が見えなくなると、早くも踊子とのことは遠い昔の物語になってしまう。

作者は、「人々が私に示してくれた好意と信頼とのお陰」（『少年』）で孤児根性から脱却できたと書いている。この「好意と信頼」とは一般に「いい人ね」といってくれた踊子とのことだと考えられている。だが、これを踊子との「好意と信頼」と解釈するにはあまりにも弱い。踊子との関係は最初から「好意と信頼」、或いは「恋」といった対等の関係が成り立つようなものではなかったのだから、、、。確かに踊子は直接的に「いい人ね」と言ってくれた。だが、そのとき「私」が思い浮かべていたのは踊子のことではなく男の「好意と信頼」だったのではないだろうか。

私たちは小説の題名が『伊豆の踊子』だから踊子のことを書いた小説だと思って読む。ところがこの題名が曲者なのである。確かにこの小説には踊子のことが書かれてはいる。だが、それは〈彩りを添える〉といった程度に過ぎないように見える。踊子とのやりとりが陽動となる中で、本筋である男と「私」との「好意と信頼」の物語が展開してゆくといった方が当たっているかも知れない。

仮に、題名を伏せてこの小説を読んだならば違った結果となることも十分に予想されるだろう。もしかしたら『伊豆の踊子』という題名そのものがこの小説の最大の謎なのかもしれない。

三、湯ヶ島が好きな理由

―　湯ヶ野は修羅場？　―

東京から湯ヶ島へ来るたび、私は馬車あるひはバスを宿でおりて、温泉場へ下る細い坂路にさしかかると、谷川の音が聞える。その谷川の音にたちまち胸を洗はれ、私は涙が出さうになりながら坂を走って急ぐのだった。

（『独影自命』）

作者は、大正七年の伊豆の旅の後、十年間に渡って毎年のように湯ヶ島の湯本館を訪れ、時にはほぼ一年中滞在した年もあったという。その間、『湯ヶ島での思ひ出』や『伊豆の踊子』をはじめ、他数の作品がこの湯本館で創作された。

【湯本館への滞在状況】

大正７年	初めて湯本館に泊まる。（『伊豆の踊子』原体験の旅）
大正８年	右足が痛んで湯本館で湯治。
大正９年	数回か。
大正 10 年	年末、伊藤初代との破談後滞在。
大正 11 年	夏、滞在。『湯ヶ島での思ひ出』を書く。
大正 12 年	数回か。
大正 13 年	大学卒業後、ほとんど半年滞在。
大正 14 年	ほとんど１年滞在。『伊豆の踊子』を執筆
大正 15 年	（昭和元年）『伊豆の踊子』を発表。３月末上京し９月に戻る。10 月から秀子夫人が来る。
昭和２年	４月まで秀子夫人と共に滞在。

＊『独影自命』より

誰もが疑問に思うのは、何故湯ヶ島にこれほど愛着があるのかということである。『伊豆の踊子』の物語からすれば、主題である「私」と旅芸人たちとの「美しい交流」が展開するのは湯ヶ野以降の四日間のことである。湯ヶ島は単なる旅の通過地点にすぎない。湯ヶ島よりも湯ヶ野のほうにこそ思い出がたっぷりあるはずである。それなのに何故湯ヶ島なのか、湯ヶ島には湯ヶ野に勝るどんな思い出があるというのだろうか。

作者が続編を書くに際して八年ぶりに天城を越えたときのことを書いた『南伊豆行』（大正十五年二月）という随筆がある。その中には、湯ヶ野への愛着のなさと湯ヶ島への賛辞がはっきりと書かれている。

大正十四年の年末、湯ヶ島にいた作者は急に思い立って南伊豆に赴く。往路のバスは湯ヶ野で小休止するのみで下田へ向かった。目的の石廊崎（いろうざき）行きは悪天候のためかなわず、蓮台寺や下賀茂、谷津温泉を訪れた後、復路で湯ヶ野に立ち寄るのだが、その理由は、「湯ヶ野は見たくもないが、山を越えて湯ヶ島に来た学生達が、福田家に姉妹の美人がいると言っていたので、それが見たい」というものであった。福田家に立ち寄り、往事の部屋を訪れるものの特に感慨に浸るわけでもなく、美人の姉妹の正体を確認をするや「正体を見さえすれば用もなし」という淡泊さである。

そしてこの随筆の最後は「湯ヶ島程山深く清らかに美しき地は伊豆湯泉場にはなし」と湯ヶ島への賞賛で締めくくられている。

謎を解く鍵は伊豆の踊子の旅における「私」の心のときめきにありそうだ。『独影自命』には湯ヶ島滞在のきっかけとして以下のような記述がある。

「旅芸人と歩いた時、私は湯ヶ島が気に入り宿銭も安かったので、次の年、湯治場にここをえらんだのだった」

人間は将来に夢や希望がありそれに向かって努力しているときが最も充実しているものである。湯川橋で踊子を見かけて以来、踊子を手中にすべく湯ヶ島ではわざわざ延泊までして待った。湯ヶ島二日目の夜、思惑通り踊子がやってきたときは天にも昇る気持ちだったであろう。そしてそこからの綿密な追尾計画と実行ほど心ときめくスリリングなものはなかったに違いない。「私」は全神経を集中しそのことに熱中していた。湯ヶ島はそんな心の高揚期にあった思い出の場所だったのである。

それに引きかえ湯ヶ野はどうだろう。首尾良く旅芸人たちにとりついたものの、湯ヶ野に着くやいなや思惑は外れた。踊子がほんの子供に過ぎなかったのだ。翌日の共同湯の事件でそのことを再確認した後は目標を失い心が折れてしまった。それからは惰性である。

男への妖しい心の傾斜の中で、翌日は思いも寄らなかった違約事件に見舞われ心を悩ます日々が続く。

小説を読む限りにおいては、湯ヶ野は学生である「私」と旅芸人たちとの美しい交流の場であったはずだ。にもかかわらず、現実の作者に湯ヶ野への愛着が無いのは、現実が小説とは全く違っていたという何よりの証拠であろう。湯ヶ島での心の高揚に比べて、人間関係で激しく心が揺れ動いた湯ヶ野は「私」にとって決して楽しい思い出がある場所ではなかったに違いない。

湯ヶ島に対する愛着が嵩じたためなのか、作者の湯本館への滞在の仕方は破天荒なものだった。

『独影自命』には湯ヶ島滞在について以下のような驚くべき記述がある。

この山の湯には平安があった。金の心配もなかった。宿賃はいつ払ってもよかった。東京に出る金がないので、ずるずるべったりの長逗留になったとも言へる。宿の人達は親切であった。

昭和元年の十月初めから昭和二年の四月までの半年間は、妻と二人で滞在したので、宿賃もずゐぶんとどこほったが、私達はそのまま引きあげた。その後、湯本館の方にも複雑な事情が生じたために、主人や息子が東京の私の家へ幾度か来た時、幾らかづつの金を渡したけれども、皆済にはなってゐないかもしれない。先方も宿賃の勘定書を見せて請求するといふのではなかった。

『伊豆の踊子』の旅では気前よく金をばらまいた「私」であるが、その後長く滞在した湯本館への宿代の支払いは芳(かんば)しくなかったようなのだ。つまり、湯本館にはずっと居候だったらしいのである。しかも、ある期間は新婚の妻まで一緒に。

作者と湯本館との関係には、常人の入り込む余地のない特殊なものがあったのかもしれないが、感覚的にどうにも解せないことではある。

ここで思い起こされるのが、『伊豆の踊子』の次の部分である。

少年が竹の皮包を開いてくれた。私はそれが人の物であることを忘れたかのように海苔巻のすしなぞを食った。そして少年の学生マントの中にもぐり込んだ。私はどんなに親切にされても、それを大変自然に受け入れられるような美しい空虚な気持だった。明日の朝早く婆さんを上野駅へ連れて行って水戸まで切符を買ってやるのも、至極あたりまえのことだと思っていた。

ギブアンドテイクという人間関係の基本について述べられた部分である。湯本館からのギブの最中で作者はこの小説を書き、小説の中にテイクとしての可哀想なお婆さんへの配慮をしっかりと書き込んでいる。

しかし、孤児根性に自信が付いた現実の「私」は、湯本館の人からどんなに親切にされても、〈自分が居候のやっかい者だ〉などとは決して思わず、それを大変自然に受け入れたまま空虚な気持ちで過ごしたのであろうか。

四、間違っている点二三
― 現実と小説の挟間で ―

大正十五年二月号の「文芸時代」の「南伊豆行」には、「『伊豆の踊子』に書いた湯ヶ野は間違ってゐる点二三あり。」と見え、これは「伊豆の踊子」の前半を書いたあと、後半を書く前の日記だが、私はその「間違ってゐる点二三」を新に書き改めたおぼえはない。まちがひのままに通しておいて、今ではどこがまちがってゐたのかもわからなくなってしまった。

（「『伊豆の踊子』の作者」）

『伊豆の踊子』正編には間違っている点が二三ありと作者自身が書いている。
間違っている点というのは何なのかが気になるところだが、間違いを探す前に、まずもって、間違っているという意味を明らかにしなければならないだろう。

まず第一に考えられることは、完全な創作としてのこの小説における論理的矛盾である。
仮に間違いというのがこのことを指しているのであれば、小説の論旨に関わることだから事は重大だ。だから恐らく、この意味で言っているのではないだろうと思われる。

第二に考えられることは、事実に対して小説が違うことを書いているという意味である。
仮に、『伊豆の踊子』が紀行文だとするならば事実の捏造は読者に対する背信行為である。
松尾芭蕉が『おくのほそ道』で、見なかったものをさも見たように書いたことが問題にされるのは、それが長らく紀行文だと思われていたからである。

だが、『伊豆の踊子』はあくまでも小説なのだ。事実と違ったことを書いたからといって、それは間違いとは言えないし、非難されるべきことでもない。

「事実そのままで虚構はない。あるとすれば省略だけである」(「『伊豆の踊子』の作者」)と作者がいうものの、天城トンネルの出口の描写などは、明らかに小説として大胆な虚構を設けている。だから、間違っている点というのは、この例のように、意図的に虚構を設けた部分ではないだろうと考えられる。

最後に考えられることは、意図的に虚構を設けた部分以外の細かな部分での勘違いという意味である。

大きな虚構は最初からそのつもりでやっているから案外気にならないものだが、事実を書いたつもりでの細かな間違いのほうは意外に気になるものである。

例えば、「湯ヶ島の二日目の夜」と、「私」が延泊して踊子を待っていたことが窺える事実を正直に書いているように、作者は細かな事実については意外に律儀なのである。

こうした点を踏まえて、湯ヶ野の間違っている点二三について考えてみよう。

最初に思い浮かぶのは、共同湯の踊子を見た場所のことだ。福田家の風呂からは共同湯は見えなかった。作者は、「私」の部屋から見たのを勘違いして福田家の風呂から見たと書いたとも考えられるのだが、天城トンネル出口の風景の描写と同様に、あまりにも明快な虚構である

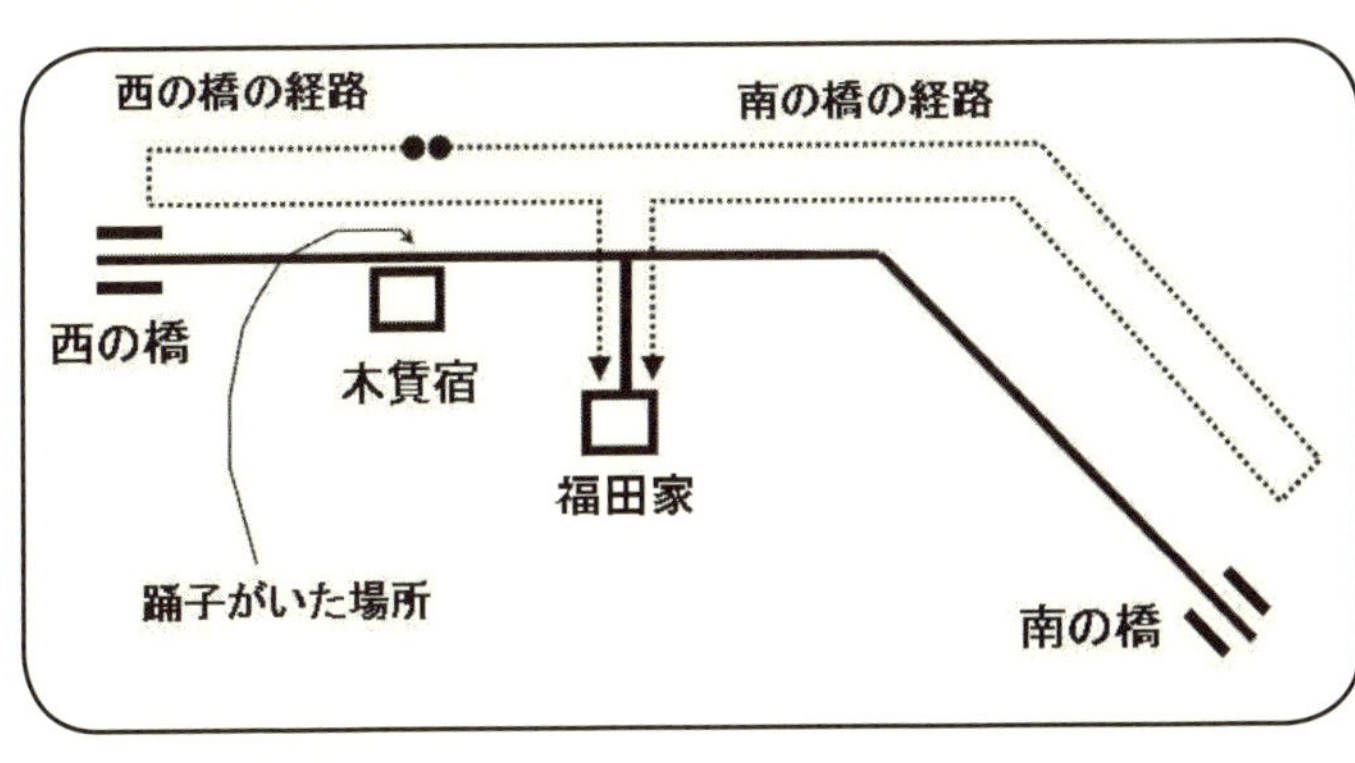

がために、この部分は「間違っている点」には該当しないと考えられる。

「間違っている点」というのはあくまでも作者が事実と信じて書いた部分にある。

それらしきものを湯ヶ野の描写から懸命に探してみたら、それにふさわしいものをようやく一つ発見した。

それは「私」が男と散歩に行ったという綺麗な橋のことである。

小説では、「街道を少し南へ行くと綺麗な橋があった。橋の欄干によりかかって、彼はまた身上話を始めた」と書いている。

街道を南に行ったところにその橋はあるというのだが、地図で該当する橋を探してみると、南方向には河津橋しかない。距離的には約七百メートルあり、ぶらっと散歩に行くには少し遠いような気がする。

現地を調査してみると、反対方向の西に行けば約二百メートトルほどのところにも同じような規模の小鍋橋という橋があった。散歩ならこのくらいが適当な距離だ。

いずれの橋も残念ながら大正七年当時の橋ではなかった。河津橋は昭和二十八年竣工、小鍋橋は昭和十二年竣工とあった。小説では、欄干によりかかってとあるが、いずれの橋もコンクリート製の高さの低い欄干で、人がもたれられるようなものではなかった。

橋の位置や構造だけではなかなか特定は出来ないが、小説に描かれた帰りがけの状況から考えるとやはり西の橋（小鍋橋）と考えた方が納得がいきそうだ。

小説では、

引き返して来ると、白粉を洗い落した踊子が路ばたにうずくまって犬の頭を撫でていた。私は自分の宿に帰ろうとして言った。

「遊びにいらっしゃい」、、、

と書いている。

普通に考えれば、踊子が犬の頭を撫でていたという場所は木賃宿の前あたりだろうと思われる。

「私」が宿に引き返す途中、西の橋（小鍋橋）からならば必然的に木賃宿の前を通るが、南の橋（河津橋）からならば木賃宿の前は通らずに宿に戻ってしまう。だから、その橋は西の橋（小鍋橋）だったと考えた方がつじつまは合いそうだ。

小説の中では、その橋が西にあろうが南にあろうが一向に構わない。間違いとも言えないことなのだが、作者にとっては、事実との小さな相違だからこそ気になったのではないだろうか。

間違っている点が二三あるということだから、こうした類のことがもっと他にもあるはずなのだが、残念ながら他の点についてはまだ見つけていない。

五、大島に行かなかった「私」

― 芸人たちとのその後 ―

大島での再会を約し、悲しい別れを体験したはずの「私」だったが、果たしてその後「私」は大島を訪れているのだろうか。

「『伊豆の踊子』の作者」によれば、この後の踊子たちとの交際について、昭和八年の「『伊豆の踊子』の映画化に際して」で書いたしばらく文通があったという記述に触れ、次のように補足している。

「しばらく文通」とはあいまいだが、踊子の兄から二三度はがきが来ただけで、私も兄に二三度手紙を書いただけで、その「しばらく」は長くなくて、たよりはとだえてしまったやうである。兄のはがきは波浮の家への誘ひがあった。伊豆の旅でも、旅から帰ってからも、私は大島の旅芸人の家へ行くことにきめてゐたし、向うも来るものときめてゐてくれたのに、固い約束が果せなかったのは、ただ私に旅費の工面がつかぬからだった。その時は借りるすべもなく、盗みもしなかった。五十年前の波浮の港は今よりも牧歌風であっただらう。私はいまだに大島へ渡ったことはない。

残念ながら、現実の「私」は、その後五十年を経てもなお大島には一度も渡っていなかったようだ。このことについて、『伊豆の踊子』を二度映画化した西河克己監督はその著書『『伊豆の踊子』物語』でこう書いている。

「それにしても、遂に大島へは渡らなかったという川端康成の心のうちは、私には納得しかねるのである。『ほんとにいい人ね。いい人はいいね』と踊子に言われ、……（中略）……そして、彼は船に乗ってからも、その感動を抱きしめていたのである。……（中略）……

この感動は一場の夢であったのだろうか。うつろな異郷の空の出来事だったのだろうか。川端康成はなぜ大島へ行かなかったのだろうか——。この疑問は、いまも、私の脳裏から消えない。」

西河氏の思いはこの映画製作に携わった人間として当然の思いであり、また、この映画を見た大方の人の思いでもあるだろう。現実が、映画のような美しい心の交流や純愛物語であったならば、「私」はその後期日を置かずして何を置いても大島へ駆けつけていたに違いない。五十年を経た後の作者の、旅費がなかった云々の言い訳は白々しさを増幅させるのみで、月並みな理由に納得する読者は少ないだろう。

問題は現実の「私」に行く気があったかどうかであるが、、、。事実は残念ながら、その気は全くなかったのだと思う。

『伊豆の踊子』物語」によれば、その後の「私」の様子が次のように記されている。

「この伊豆の旅から帰ってから、川端康成は急に明るくなり、寮友たちとも軽口を叩くようになったといわれている。寮友たちが、当時足しげく通った日本橋白木屋の食堂などへ顔を出すようになり、お目当てのウェイトレスの名札番号を、寮友同士ドイツ語で呼び合って喜んだりした。」

悲しい別れを体験した直後は誰しも心が落ち込むものである。ところが、作者はその反対に急に明るくなって活動的になっている。同書によれば、この後の作者は、本郷元町のカフェ「エラン」の十六歳の少女に夢中になり、その後、結婚の約束までとりつけたと言う。別れてきたばかりの踊子をさておいて、どうしてそんなことにと『伊豆の踊子』ファンは訝(いぶか)るに違いない。

だが、「私」にとっての『伊豆の踊子』の旅とは、そもそも日常を離れた異郷の世界での鬱憤晴らしの旅であったのだ。旅で出会った尋常でない世界に生きる芸人たちは、「私」の権威にひれ伏し「私」の自己満足を演出した。旅芸人たちを足がかりにして、暗いところを脱出し自由に素直に歩ける広場に出たと考えた「私」にとって、彼等はあくまでも現実から隔離されるべき遠い異郷の人物に過ぎなかったのであった。

この後の大正十年、作者は、この少女から一方的な破談の通告を受ける。

やはり一軍のハードルは高かった。そのとき脳裏をよぎったのはあの旅芸人たちとのなつかしい成功体験だった。思うに任せない少女に比べ旅芸人たちはなんと素直で純情だったことだろう。あのときの旅芸人たちの「私」への好意は純粋で掛け値のないものだったはずだ。

それが二軍での成功体験に過ぎないと分かっていても、「私」の心はどうしてもあのときの旅に向かうのだった。そして、傷心の作者は思い出の湯ヶ島に赴く。

更に翌年、作者は再び湯ヶ島に赴き、旅芸人たちとの思い出を『湯ヶ島での思ひ出』として書き綴る。そして四年後、この『湯ヶ島での思ひ出』をもとに小説『伊豆の踊子』を世に出す。

六、映画化の光と影

― 原作の批評としての映画 ―

湯本館の梯子段を目当てに大勢の人が湯ヶ島を訪れるようになったのは、昭和四十九年に公開された西河克己監督、山口百恵・三浦友和主演の映画『伊豆の踊子』がきっかけらしい。

この映画は、それまでに映画化されたものの中で原作に最も近いと言われており、峠の茶店での出会いに至る経緯を原作に忠実に表現しようとした。それが冒頭の湯ヶ島温泉湯本館の梯子段に腰を下ろして踊子を眺める場面である。

小説では、峠の茶屋での劇的な出会いに至るまでに、この梯子段の場面も含めて様々な伏線があるのだが、それまでに映画化されたもののなかにこの辺の経緯を説明しているものは無い。

『伊豆の踊子』を学生と踊子との単なる恋物語として設定する限り、峠の茶屋での出会い以前をこまごまと説明する必要が無いためであろう。天城越えの途中、突然の雨に見舞われた「私」が峠の茶屋に駆け込み、そこで偶然に踊子たちと初めて出会ったという設定であっても物語の構成上なんの支障もないのである。

西河克己監督の映画では、学生が梯子段に腰を下ろして踊子を眺める場面に合わせて、宇野重吉のナレーションが「私」のそのとき以前の湯川橋での経緯を原作通り丁寧に説明している。原作を知っている者にはその意図や内容が痛いほど分かるのだが、踊子たちが踊る宴会のようなシーンがいきなり出てきて、その印象があまりにも強烈すぎるためナレーションにまで注意が回りにくく、この場面の意味がどれだけ見る者に理解されたかどうかはよくわからない。

映像で小説の微妙な部分を忠実に表現する難しさを改めて実感したわけであるが、『伊豆の踊子』に限らず文芸作品といわれる映画の多くがかなり脚色や変形がなされていることを思えば、丁寧に原作の意図を表現しようとした姿勢には敬意を表したい。

だが、この映画にしても結局は従来の映画と同様、学生と踊子との淡い恋物語の域をでていないわけで、『伊豆の踊子』を徹底的に小説に忠実な文芸作品として描くのならともかく、単なる純愛物として製作するのならば敢えて出会いの経緯を詳しく説明する意味も薄いような気がする。

『伊豆の踊子』が初めて映画化されたのは、昭和八年の田中絹代・大日方伝の主演によるものである。この映画について書いた作者の「『伊豆の踊子』の映画化に際し」によれば、この記念すべき第一作はどうやら原作を非常に離れていたようであり、「映画を見てから後に、小説『伊豆の踊子』を読む人は、原作のあっけなさにあきれるかもしれない。それほど二つのものがちがふのである」ということである。

作者は、文学と映画は別のものと考えており、「もともと『伊豆の踊子』は、発表当時に於ても、また今日に於ても、さう問題になるべき性質の小説ではない」のだから「その稚純な淡さを愛すれば足る」との見解を示す。

だから、映画化に際してはどうぞ御勝手にという基本姿勢であり、むしろ「原作者が自作に忠実を求め、脚色はおろか撮影までに干渉したならば、反って予想外の失望を招く映画を見ることが多いであらう。映画化は、原作に対する批評の一つの形であると、私は思ってゐる」と述べている。

更に、「一歩進んで、原作は映画創作の素材に過ぎぬ。映画の製作感興の出発を促せば足る。絵を見た感興を詩に現し、音楽の感興から小説を作るに似てゐる。原作の気分を写すことだけはつとめたと、『伊豆の踊子』の監督も、脚色者の伏見晁氏も力説してゐた。それでいいのではあるまいか。いたづらに原作の筋を忠実に追ったために、映画製作者が感興をしばられ、反って原作の匂ひや的を失ふよりは、その方がいいのではあるまいか」ともいう。

精魂を傾けて書いたはずの小説が全く違った解釈をされているというのに、実におおらかな態度である。メロドラマの原作ならともかく、文学とはそんなものなのだろうかと思わないわけではない。

昭和八年の第一作以来、これまでに「伊豆の踊子」は六度映画化され、テレビドラマにもなっている。近年は、いずれも時の人気俳優が踊子と学生に扮するアイドル映画となっているのが特徴で、健康的で屈託のない学生と可憐な旅芸人の踊子が旅の途中で互いに好意を寄せ合うが身分の違いなどから恋が成就出来ないという物語となっている。

こうした皮相的なアイドル映画の伝統を乗り越えた本格的な文芸作品の出現を期待しないわけではないが、心の悩みを抱えて旅に出た孤独な学生が行きづりの旅芸人に興味を持ち、道づれとなって数日間行動を共にしたところ、「いい人」と言われ、その言葉に感涙にむせぶ、などという物語は、考えただけでも難しそうだし、たとえ真面目に制作されたとしても世の受け入れるところとはならなかったであろう。

作者自らが、この小説は稚純な物語を愛して貰えばそれでよいといっているくらいだから、癒しだ浄化だ孤児根性だなどと深刻に考える必要はないのかもしれない。映画が単純な恋愛物語になったことで、案外、作者自身もほっとしているのではないだろうか。

映画の試写を見て、作者がなるたけ原作を離れて欲しいと願い、原作と同じような場面が写ったりすると妙に恥ずかしい気がしたというのも分かるような気もする。

原作に最も近いと言われる西川克己監督の映画でさえ、この小説の主題とも言うべき「いい人ね」云々の場面は出てこない。この一言がなかったら小説『伊豆の踊子』は存在しなかったほどの言葉なのだが、これを採り上げたら全く別の映画になってしまうことを知っていたからである。

原作を離れた美しい恋愛物語だったからこそ、人気を博し、何度も映画化され、結果として、小説『伊豆の踊子』も多くの人に読まれる事になった。

身分の違う踊子と学生が旅の途中で偶然知り合い、ほのかな好意を寄せ合いながら一緒に下田まで旅をして切なく別れるという映画の状況設定がロマンを掻き立てこそするが、映画を見て原作を読んだ読者が、孤児根性云々の物語に共感したかというと否と言わざるを得ないのである。

「長いあひだ、多くの人に読まれるとは、無論予期しなかったが、作者が計画したところで

成功はむづかしく、なにかで授かった作品であらうか。作品のよしあしとは別のものがあるのだらう」（『伊豆』昭和三十一年）

まさに、作者の言うとおり、多くの人に読まれたのは、作品のよしあしとは別の要素が大きかったからであろう。それを成功というのだから、何をもって成功と考えているのだろうか。

小説がどのように解釈され理解されるかは、作品を世に送り出した以上、世の評価に委ねるしかない。作者が言うように、映画化は、原作に対する批評の一つの形だとすれば、何度映画化されてもそれが原作とは似ても似つかないものになるということは、これに勝る批評はないということではないだろうか。

もっと端的に言えば、原作の通りでは万人の理解や共感を得ることは出来ないということに尽きると思われる。

映画化に際して独自の解釈が無ければそれはただの原作の紙芝居となってしまう。その意味でも、いたずらに原作の筋を追うだけの映画が制作されることは今後も無いであろう。そして、恐らく、孤児根性云々が取り上げられることもないであろう。

本文中の引用文について、内容の理解を容易にするため、旧漢字等を一部改めたところがあります。

おわりに

『伊豆の踊子』と聞いて多くの人々が思い浮かべるイメージとはどんなものであろうか。映画の影響もあってか、身分の違う学生と旅芸人との美しい交流、踊子との淡い恋といったところがほとんどではないかと思う。

ところが原作の内容は驚くほど違っているのである。文学の世界では、『伊豆の踊子』は日本の名作として、踊子による浄化と癒し、孤児根性解消の物語という侵すべからざる堅固な評価が定着している。

しかし今回、『伊豆の踊子』の素朴な疑問の数々について読み解いてゆくうちに、一般の理解とも原作の文学的評価とも違う全く別の世界が見えてきた。それは難攻不落の城砦が崩壊したかのような衝撃的なものだった。

一般に理解されている踊子と「私」との淡い恋は全くの虚像に過ぎず、定説とされてきた踊子による浄化や癒しは思い込みによる幻影であった。そこに描かれていたのは、「私」の身勝手な自己満足の物語であり、旅芸人の男との妖しい交友物語だったのである。

こうした私の結論が従来の定説を大きく逸脱するものであることは十分承知している。文学者でもない門外漢の私が、天下の名作に対してこのような変則的アプローチを行うのは、ある意味でタブーだったのかも知れない。だが、読者の誰もが感ずる素朴な疑問の解明に先入観を持たず虚心坦懐に取り組んだ結果、必然的に導き出された解答であることもまた事実なのである。

『伊豆の踊子』を読んで感覚的な違和感を覚えてから四十数年、今、私の中で長年この小説を覆っていたモヤモヤがようやく晴れたとの思いがする。

この本を執筆するに当たり、小説の舞台となった伊豆へは妻と共に何度となく足を運んだ。孤独な青年はそのとき何を求め何を考えて旅をしたのかを追体験するために、、。伊豆を訪れるたびに新たな発見があり、小説を読むたびに新たな疑問が湧いてきた。まだまだ疑問は尽きない。私にとって『伊豆の踊子』はなおミステリアスな小説なのである。

平成二十三年七月

菅野　春雄

誰も知らなかった「伊豆の踊子」の深層

平成 23 年 7 月 12 日　初版第 1 刷発行

発行者　菅野　春雄

発売元　静岡新聞社

〒 422-8033　静岡市駿河区登呂 3 丁目 1 番 1 号

電話 054-284-1666

印刷・製本　藤原印刷

乱丁・落丁本はお取り替えいたします

定価はカバーに表示してあります

ISBN978-4-7838-9804-7 C0095